待望の短篇は忘却の彼方に

中原昌也

河出書房新社

目次

待望の短篇は忘却の彼方に

待望の短篇は忘却の彼方に

まばゆいばかりの冬の陽光の眩しさに耐えながら、婦人服を専門に扱う店先に立っていた。そして店の前に規則正しく円柱が置かれた歩道に沿って、歩行者たちが黙々と行き交っているのをしばらく見ていた。その日、近くの競技場では国際的な陸上競技大会が開催されており、休日にしては割と人通りはあったものの、誰一人として店に立ち寄る様子はない。華やかな催事は見たくても、とりあえず必要のない婦人服には用事がないので誰も目もくれないというわけだ。彼らにはそんな余裕さえないのだろう。おそらく醜い大男が発しているものと思われる獣じみた雄叫びが数秒の狂いもなく一定の間隔で聞こえてくる。お気に入りの選手でも応援しているつもりなのだろうか。たまたま、その日近隣で原因不明の悪臭が漂っていたのだが、臭いのもとがもしかすると大声の持ち主なのではという疑いがかかってても仕方がなかった。

陽光は店の前の歩道に沿って流れる川の水面に反射し、宝石のようにきらめく。つのる寒さと疲労にうちのめされながらも、五郎は何種類かの鉢植えを台車から下ろし、全て店先の日除けの下に置いた。その際にショーウィンドウの中に設置された、少々時代遅れの婦人服を身にまとった数体のマネキンと何度か目が合った。肌の色が真っ白で眼も黒目のない、全身が白いタイプのマネキンであったので、近くで見つめられていると思うとあまりいい気持ちがしなかった。ちょっと大きめのサイズのように見えるマネキンたちは一見したところ外国製らしかったが、異様な威圧感があり、あまりエレガントなものには見えなかった。そして低予算ホラー映画の中の悪魔の儀式のセットにあるような黒い幕がマネキンたちの背後に張られており、申し訳程度にギリシャ風の円柱やビーナス像もそこに置かれていたのが、より一層の陰気な雰囲気を演出するのに役立っていた。あとはドライアイスの煙さえあれば完璧にここがうらぶれた田舎の遊園地のお化け屋敷に見えたことだろう。さらに小型のルーレット台（よく旅先の土産物屋で売っているような安っぽいもの）もマネキンの足下に不釣り合いに置かれていた。そこにだけ紫の照明が当てられており、全体的に趣味がよいとはいえない貧相なデコレーションだった。金の画鋲で貼られた二枚の黒人（恐らくハリー・ベラフォンテとナット・キング・コールだと思われる）の小さなピンナップも、やはり小型のボンゴと共にそこにあったがあまり目立ってはいないように思えた。とにかく五郎が常に探している男性物の厚手の外套（勿論、安価で購入したいと考えていた）は、そこでは扱っていないようだった。

「ごくろうさま」

胸の膨らみのせいで最初は何だか判らなかったが、ラスコーの洞窟の壁画がカラープリントされたTシャツが視界に入った。Tシャツを身に着けていたのは店主らしき女性であった。彼女はねぎらいの言葉を発した。浅黒い肌をした若い美人店主だった。おかげで寒さが吹き飛んだ。豊満で、色気のある彼女の体が何とも印象的であった。

「鉢植えの代金のことですが」

彼女が言った。

「残念ながら当分はお支払いできません」

その後、しばらくは沈黙が続いた。だが、いつまでもボサッとしている暇はないので、店先の鉢植えを全部台車に戻した。最早お金のことなどどうでもよい気になっていたので、不機嫌な態度は見せなかった。というよりも相手にそう感じさせないように気を遣った。いつか彼女がちゃんと、お金を払ってくれるお客さんになってくれるかもしれないからだ。

「ごくろうさま。せめて煙草でもどうぞ」

五郎は台車の横に立ち尽くして、ただぼんやりと放心したままだったが、彼女から差し出された煙草を黙って箱から二、三本引き抜き、いますぐに吸おうと思っている一本以外をいつも好んで着ている紫色の薄いビニール製のジャンパーのポケットに収めた。古着でもいいから厚手の外套が欲しいと、その瞬間にまた思った。

「やっぱりお金が貰えないから、気を悪くされたのでしょうか？」

彼女は五郎の顔色を窺いながら言った。

「いや、まあ……昨日から何も食べていないので、ちょっと気分がすぐれないだけなんですよ」

　立ったままでは疲れるので、地面にしゃがんだ。

「そんな事情なんですね。どこも大変ですよね。ほんと不況ってイヤだわ」

　彼女も五郎に寄り添うように、親し気にしゃがみ込んだ。胸の谷間が覗き込めるほどに近かった。

　そんな会話をしながらも、いつライターかマッチを差し出し、煙草に火をつけてくれるのかと五郎は期待したがどうやらそんなそぶりすら見せそうになかった。手に持っていた煙草はそっとジャンパーのポケットに収めた。

「私の祖母に相談して、鉢植えを全部買ってもらいましょうよ。ああ見えて意外と小金を貯め込んでいるようですよ」

　ああ見えて、といわれても五郎にはその祖母に会ったことがないので本当に小金を貯め込んでいるのかどうかの確信はなかった。とりあえず「そうなんですか……」と小声で呟くより他に返答のしようがなかった。

五郎は子供の頃からずっとこの鉢植え売りの仕事をやりたくてやっているわけではない。もともとゲームや勝負事の類いが得意であり、高校卒業後はそういったことで生計を立てていた。ある時、そろそろギャンブル以外で稼ぐ方法について考えながら外をうろついていると、大量の植木と鉢を楽にいくらでも持って帰るのが可能な鍵のかかっていない倉庫を発見したのだ。いつも着ているせいで、いまはもうすっかりくたびれてしまった灰色のＴシャツを、ちゃんとコインランドリーで洗った次の日は、こうして必ずといってよいほど（普通の人たちにしてみれば、ささやかなことにしか感じられないかもしれないが）良いことがあるのだった。

「これで金が入るかもしれないな……」

五郎は借りてきたトラックで植木と鉢を自分のアパートに運び、それに四方を囲まれながら今後のことについて考えた。その結果、持ってきた鉢と植木をセットにして訪問販売する事業を思い付いたのだった。

何故、いまこの仕事をやっているのかについてをこの店主らしき女性に、咄嗟に語りたくなった五郎であったが結局はじっと我慢せざるを得なかった。黙って鉢植えを載せた台車をアパートまで引いて帰った。

家に着いても、食べるものは何もなかった。床に散らばった新聞紙の上に寝転がり、記事を断片的に読んだ。どの記事も目に入った部分しか読んでいないせいか内容は何も頭に入ってこなかったが、どれも陰気なことばかりが書いてあるのだけは判った。しかし、それよりも購読していない新聞が毎日配達されているはずもないのに、何故この部屋に沢山あり、しかもそれらが徐々に増殖しつつあるのか、ということがやたらと気になり始めた。それで足を滑らす危険性だってないわけではない。思いきって全部を拾い集めて紙飛行機にして窓から飛ばしてしまえばどんなに気分のいいことだろうと考えたりも一応した。しかし、どれも丸まったり皺くちゃなものばかりで、碌な紙飛行機など折れそうにない。先週、紙飛行機を折りたいが為に一枚の新聞紙を、わざわざ丁寧に拾ってきたことがあったが、その時は上手く折れず、幼い頃の記憶だけで折ったせいか、期待に反しそれは全然飛ばずにすぐに足下に落ちたのだった。

貰った煙草のことを思い出し、ジャンパーから急いで取り出した。そして部屋にあったどこかで拾ったライターで火をつけた。

煙草を吸いながら、死ぬほど退屈な独り言を呟いていた。いつのまにか五郎は寝ていた。


夜の住宅街。

全身を映し出す大きな鏡があるのに、女は窓の方をわざわざ向いて脱衣を始めた。カーテンは開いたままだった。舞台のような照明がこうこうと光る、明るい部屋だ。そのおかげで嫌でも外から何もかも丸見えになってしまっていた。どうやら背後では大きめの音量で音楽が鳴っているらしい。

その家の前に銀色のバンが駐車していた。暗い車内から男が、双眼鏡を手にして脱衣中の女の様子を息を殺して見つめている。黒目ばかりが目立つ小さくて悲しげな目は、みすぼらしいぬいぐるみに目の代わりに縫い付けられたちっぽけな黒いボタンを思い起こさせたが、実際には見た目ほどには彼の心の中に悲しい感情があるわけではなかった。それどころか、心ここにあらずという感じ。これは今に始まったことではなく、敢えていえば彼の頭は煮えたぎった湯の入っていたことがかつて一度もない、無駄に大きな鍋のようなものだった。さらにそこでも、思考を掻き消すかのように、大きな音量でカーステレオが鳴っていた。

そうこうしているうちに女の下着が取り払われ、あれよあれよという間に、ついに一糸まとわぬ全裸になってしまった。その一部始終でついぞカーテンは閉められることがなかった。それどころか夜空の星々に見せつけるかのように、他に何をするわけでもなく、女は全裸のまま憂鬱そうに窓際でまどろんでいた。

そろそろいい頃合だ、といわんばかりに車内から覗いていた男は落ち着き払った様子でリモコンを鞄から取り出した。中央に付けられたたった一つの赤く点滅するスイッチを押した。すると大きな爆発が起きるわけでもなく女の立つ窓の下から煙が現れた。男が操っていたのは発火装置であった。間もなく大きな炎が女の裸をさえぎった。どうやら火災を起こし、女が裸のまま外に逃げるのを期待していたようだった。しかし、計画通りにはいかず、女は微動だにせずそのまま炎に飲み込まれてしまった。そして間もなく部屋ごと爆発し、窓ガラスが吹き飛んだ。

このような独身女性の家ばかりを狙った、覗きを兼ねた連続放火事件が、近頃毎日続いていた。

翌日の午前中、五郎は起きてすぐにアパート近くの公園に行った。空腹を紛らわす何かがあるのではないかと何となく行ってみたのだが、やはり破れた新聞紙や週刊誌などの屑がごみ箱や地面に大量に落ちているだけだ。

鳥のエサをばらまくホームレスがいた。さすがに鳥のエサは食べられないので、仕方なく水飲み場の水をたらふく飲むしかなかった。そして急に水の味が、妙な味に変わったので慌てて飲むのを止めた。

お昼過ぎに、婦人服の店の前を五郎が台車を引っ張って通り過ぎようとするとすかさず女店主が慌てて店から出てきた。昨日と同じまばゆいばかりの冬の陽光がやたらと目を刺激し、彼女の姿を赤い逆光の中から表出させた。

「こんにちは！　今日は祖母に会ってくださいよ。鉢植えを全部買ってくれるかもしれない滅多にない機会ですよ！　大金が手に入るチャンスです」

「はあ、そうですか。大金ですか」

いくらなんでも、どれだけ多くの鉢植えを売りつけても、大金など貰える筈はないだろう。そもそも彼女の言う大金とはいくらのことを指すのか、五郎はよく判らなかった。

「ええっと、それでは、おばあさまにお会いするにはどうしたらいいのでしょうか？　御自宅の方におられますか？」

「いや、この中にいますよ」

彼女が店の方向を指して言った。

「お店の中にですか？」

五郎がそう言った途端、急に女店主が浮かぬ表情を見せた。一瞬の沈黙の後、またすぐに明るい顔に戻った。

「ああ、昔はよく人から言われましたが、ここはお店じゃないんですよ。道に面してる部分が、最初からお店風のショーウィンドウになっているだけで」

「はあ、そうなんですか」

「祖母はもともと洋服のお店をやってみたいという気持ちだけはあったみたいで、こうしてお店の真似事みたいなデコレーションをしてたんですよ。本当は大柄な女性専門の洋服店をやりたかったらしいんです。結局、問屋からの仕入れのあだこうだが面倒臭くて、商売はやらなかったんですけどね。でも、私たちがここに越して来る前は、婦人服を扱う店ではなかったのですが実際にお店だったみたいですけどね」

「はあ」

「ダイビングなどのマリンスポーツの用品などを扱うプロショップだったみたいですよ。ほら十年くらい前、大手の新聞社の記者が沖縄の海でサンゴにＫＹって文字を刻んで写真を撮って、それを地元のダイバーのせいにして捏造した記事だったのがバレて問題になったじゃないですか」

「何かそんな事件、昔あったような気がしますね」

「あのＫＹっていうのは、ここにあった店の名前のことなんですよ、多分。〝ＫＹマリン〟っていう店だったらしいのですが。水中撮影用の機材を貸した代わりに宣伝して貰ってたんでしょうかね？」

ここが店であろうがなかろうが、ただ鉢植えを買ってくれれば五郎にとって不満はない。すぐさまアパートから持ってきた鉢植え全部を台車から下ろした。それをいままで店主だと思い込まされてきた単なる若い女がショーウィンドウのガラスの内側へと運び、丁寧に並べ始めた。ますますそこは店らしく見えてきた。しかし、確かにどこにも〝婦人服の店〟という文字はない。

「これからもいっぱい祖母に買ってもらって、次からはそんなみすぼらしいリヤカーじゃなくて、ワゴン車みたいなので配達できるようになるといいですね」

「ええ」

金が入ったら、まずこの汚らしい台車を破棄してワゴン車みたいなのが欲しいと確かに何となく考えてはいた。商売のためだけでなく、色々なレクリエーションにだって使える。しかし、よく考えてみれば五郎は免許を持っていなかった。

だから厚手の外套を購入する方を先にすべきだろう。

「じゃあ、中へどうぞ」

笑顔で女は内側が黒いカーテンに覆われたガラスのドアから五郎を中に迎え入れた。

「汚くてすいません……全然整頓してませんでした……」

女の声が小さく外から聞こえた。彼女はどうやら五郎を中に入れてからすぐ外に出たらしい。

その瞬間、急に不快な臭いがして気分が悪くなった。昨日店の外で嗅いだのと似た臭いだった。敢えていえば、それは甘い香りに属するのかもしれない。しかし、不愉快な気分にさせる臭いに違いはない。臭いと共に写真撮影スタジオで使うような強い光源となる照明機材がいくつかそこに設置されているのに気付いた。

女の言う通り、中は婦人服の店ではなかった……ただし住居でもないようだった。戸棚などの家具はなく、五郎の立っている場所からは見えない奥まった通路の先の給湯室か便所らしきスペースがある以外、外観ほぼそのままの大きさの陰気な灰色のコンクリートの壁に囲まれた部屋があるだけだ。窓は一つしかない。それも生い茂った雑木林によって、外から塞がれていた。

塗装の剝がれたドラム缶が何本かと、他には積み重なったダンボール箱が三つあり、ビニールに入ったままの状態で数枚、例のラスコーの壁画のTシャツが箱の脇に乱暴に置かれ、破れたところが剝き出しになっていた。何か緊急の用事で、このTシャツが必要になったとしか思えぬ状態であった。前の道路で交通事故などが起こり、けが人の急な大量の出血を止めるために、ガーゼの代わりに使ったとか。

彼女の祖母らしき老婆はダンボール箱の置かれたすぐ近くにいた。足下の周りに、吸殻がやたらと落ちている場所だった。

その姿が目に入って来た際に何かがおかしい、と五郎は思った。

年相応の上品な洋服を着た老婆は、何故か普通の老婆よりも二回りほど巨大に見えた。いや、通常の人間よりも遥かに大きかったのだ。単に大柄な老婆というわけでもなく、プロレスラーか何者かが変装しているのでもなさそうだった。一瞬、そこに単なる老婆の写真を大きく引き伸ばしたパネルが置かれているだけなのか、という気がした。微動だにせず、息すらしていないように見えたそれは、紛れもなく平面ではない、実際にそこに存在し、息もしている本物の老婆だった。珍しい生物を見るような五郎に対し「あんた、誰?」とでも言いたげな、ふてぶてしい表情でパイプ椅子に座っていたのだが、その椅子も心なしか市販の物よりも必要以上に大きい気がした。

その違和感は、単に遠近感の問題であるということで五郎は納得したが、不自然なその存在感に対して、五郎に向けられたまるで心当たりのない敵意だけがやけに現実味を帯びているというバランスの悪さだけが気にかかった。

実際には動いていないように見えた老婆は、指についた液体を時折すすりながら反対の手の上にある紙皿に盛られた何かを食べたり、と実は活発に動いていた。何を食べているのか、よく見ればそれはピクルスだったが一瞬糞のようにも見えたので、五郎は驚きと不快の表情を見せてしまった。それがいままでは原因不明であった老婆の五郎に対する冷たい眼差しに、明白な敵意の理由を与えたかのようだった。

もしかするとピクルスに集まろうとする何匹かの蠅に対して、老婆は不快感を感じているだけなのかもしれない。だが、特に払い除ける様子はなかった。

一瞬だけ、老婆は五郎から目を離した。大きな音のげっぷをした際に下を向いたからで、それ以外はやはりずっと無言のまま、時だけが過ぎ去った。しかし考えようによっては、「あんたたちと違って、わたしらの若い頃は」などと説教を始められるよりはマシかもしれなかった。老婆は相変わらず最初の状態と同じように、ボロッと額に垂れ下がった長い髪の毛の間から貪欲そうに軽蔑の眼差しを向けているのだ。睨み付けるような怪訝な表情だった。

五郎にとってこれは、何となく居心地の悪い状況に感じられ始めていた。老婆から五郎の存在が、どう考えても確実に歓迎されていないのが判るからだ。

やがて、ここに寄る前に行った公園で飲んだ食事代わりの大量の水が、五郎に尿意を催させ始めた。

相手が黙っているからといっても、本来なら「便所が借りたい」などと一言断ってから行くべきなのだが、五郎は完全に無言で奥の便所へと向かってしまった。何となく不自然な大きさに感じられる老婆の特殊な存在は、次第に出来の悪いグロテスクなハリボテを目の前にしている気分にさせ、まっとうな人間としての認識を欠かせてしまい、五郎の相手に対する無礼な扱いを招いてしまったのかもしれない。

案の定、ちゃんと便所に行く際に老婆に断っておけばよかった、とその後に後悔する羽目になった。

便所だと思われていた、その奥まった通路の先の部屋は実際には給湯室や便所などではなかったのである。代わりにそこには木造の階段があった。同じ銘柄のバーボンの空瓶が最初の五段目まで、きちんと一本ずつ載っていた。そこを上に行けば便所があると考えた五郎は階段を上った。

二階というよりも屋根裏と呼べるような薄暗い場所だった。やたら埃っぽかった。下とは対照的に、間接照明すらなかった。閉ざされた薄手のカーテンから漏れてくる少量の光りだけが唯一の明りだった。その光りの透明な帯の中で埃が舞っているのが見えた。蠅が一匹横切った。

一目で、この階には便所がないのが判った。

そして次の瞬間、五郎は部屋の中で最も日光が行き届いていない暗い場所から、何者かの視線を感じた。二つの目が僅かな日光を捉えて反射していたのだ。

冷静に見てみれば、それは埃を被った豹の剝製のガラス玉の眼球が光っていただけだった。その剝製も、心なしか動物園にいる生きている本物の豹よりも、若干大きい印象がした。かつて老婆と共に生活し、その辺を散歩したりしていたのだろうか？　それならば、五郎にはこの剝製の必要以上のサイズの辻褄が合うような気がするのだった。

便所のない部屋には、これ以上用事はないと判断した五郎は階段を降りて下の階に戻ったが、老婆の姿は既にそこにはなかった。床に置かれた汚れた紙皿には思う存分、蠅たちが集まっているのが五郎の目に入った。

黒いカーテンのドアを開け、外へ出ると店の前に女が煙草を吸って立っていた。

「おばあさまはどこへ行かれたのですか？」

「近所のお友達の家に、お便所を借りに行ったみたいですよ。それはそうとお金、ちゃんと貰えましたか？　大金を」

「ああ、大金ね」

多分、自分自身だけでなく何もかもが大きなサイズの老婆だったから、さぞかし通常より大判の硬貨を持っていたに違いない。

「もしよかったら、祖母が焼いた菓子をお持ち帰りになりませんか？」

女は煙草を口にくわえたまま『女子大生仲良し三人組、ライフルで射殺さる』という見出しの新聞紙の包みを五郎に手渡した。それを開くと中に可愛らしい子供の形をしたクッキーが入っていたのだ。予想と違い、市販のものと同様の食べやすい一口サイズだった。五郎は受け取ってまもなく急いで菓子全部をいっぺんに頬張り、包み紙である新聞紙を丸めて乱暴に地面に捨てた。自暴自棄そのものの、荒々しい態度だった。

女は笑みを止めて、慌てて新聞紙を拾おうとしゃがみ込んだが、突然風が吹いて丸まったそれは路上を生き物のように転がっていった。

何故急に憎しみを込めてクッキーを噛み砕き、包み紙をその辺に捨てたのか、五郎は自分でもよく判らなかった。だが、何も考えず行儀よく包みごとアパートに持って帰ったら、食べ終わった後また不必要な新聞紙が増えてしまうところだった。

「こんな所に捨てないでくださいよ」

やっとの思いで丸まった新聞紙を捕まえた女の四つん這いの後ろ姿を見て、その尻を思いきり蹴飛ばしてやればさぞかし驚くことだろうと、五郎は思った。

血牡蠣事件覚書

幸いなことに、俺は親類から非常に地味で粗末なプレハブ製の住居を譲り受けていたので、好きな時にそこで自由に寝泊まりすることができた。早速、アパートを引き払って近所の廃墟となっているテレビ局のスタジオの敷地内に建てられたささやかな我が家へと家財を移すことにした。

家財とは云っても、いつ壊れてもおかしくないテレビの他に大したもの（家庭医学の本が何冊か）は所有していなかったので、小さなリヤカーでアパートから一往復しただけで引っ越しは終わった。途中かなり急な坂が多かったが、特に事故は起こらなかった。

スタジオは閉鎖されて既に暫く経っていた。そこに漂う荒涼とした気配が錆びついた鉄製の門の前にある枯れたリンゴの木から、まるで舞台の上のスモーク・マシンが放つ煙のようにモクモクと生成されているのが感じられる。この木はいずれ伐ったほうがいいなと思ったのだが……。いま手元にノコギリなどの工具はない。

しかし、いま最も大きな態度でこのあたりに漂っているのは、吐き気を誘発させるような匂い。どこかの香炉から発して、一様に広がっているのが判る。もしかすると貯水タンクの近くからなのかも知れぬ。

引っ越し前に何度か下見に来て判っていたことなのだが、ここでは誰も頼んではいないのに誰かが、夜または祝日の昼間に特殊な物質を勝手に持って来て火をつける。するとすぐに嫌な匂いがこの空気中に放たれる。

その物質は近所の専門店でも売られているらしいが、誰もが買えるわけではない。そのためには身分証明書と役所の担当者の署名入りの書類が必要なのだ。

俺は早速、持ってきた家財を適当に配置し終えると今度は服を白衣に着替え、プレハブ小屋内にて実験を開始した。モンゴル地方原産の強い香辛料にさまざまな薬品を混ぜて、例の厄介な匂いの正体を探ろうと試みたのだ。それにはいままで培ってきた素人化学者の知識が、ようやく役に立つはずだった……。

しかし、次から次へと香辛料とそれに加える薬品を変えてみるが、多少似たような匂いを作ることができても全く同じようなものはなかなか作り上げることができない。

「畜生！　一体どうやったら同じ匂いができるんだ！」

俺は何十時間振りに薬品やビーカーの並んだ机から離れて、窓の方へ近づいた。そしてカーテンを僅かにずらして、視線を目の前にそびえ立つ古びた工場の屋根に向け、次に通風孔、貯水タンク、煙突とゆっくり慎重に観察した。やはり匂いの流れは目に見えず、結局諦めて机に戻った。

実験を止め、しばらく考えてみたが、匂いは常に変化しているのだということにやっと気が付いた。匂いがやってくる場所も、その都度風向きによって変わるのだ……。

空が快晴にもかかわらず、思わず胃が痙攣するのを感じた。

「いや、本当にすみませんでした。研究用の薬品の匂いなんですよ、あれは」

「匂いの元は、それだったんですか」

翌日の昼間、大野と名乗る地味な背広の初老の男がケーキを持ってこのプレハブ小屋にやって来た。話を聞けば、どうやらこの近所で牡蠣の生態や養殖などに関する研究をやっているらしい。差し出された名刺にもそれらしいことが書いてある。

「立ち話もなんですから」と部屋の中へと誘ったが、彼は頑として動かない。玄関先での匂いについての釈明は尚も続いた。こちらとしては茶や菓子を出す手間が省けて嬉しいが、立ったままで退屈な話を聞かされるのは堪らない。

「『血牡蠣事件』と呼ばれる怪現象をご存じですかね？　それをずっと研究しています。昔は新聞や雑誌で随分話題になったものですが……」

「いや、知りませんよ」俺は早く話を切り上げたくて、間髪を容れずに答えた。

「三十年ぐらいまえのことでしたか。東京の築地市場に入荷した大量の牡蠣が、朝は何事もなかったのに開いた途端に突然、中身が真っ赤に変色したという事件があったんですよ。いや、勿論すぐに回収されてサッサと処分されました。しかし、どこから聞きつけてきたのか『多少気味悪い色をしていても喰いたいから、捨てるならぜひ無料で譲って欲しい』という貧乏な輩が何十人も目の色変えて駆けつけて来て魚河岸の連中と揉み合いになりましたが、もうその時は処分した後だったからね。連中の残念そうな顔ときたら……いい見せ物でしたよ。その日以来、毎日のように連中は詰めかけましたが、血牡蠣は市場にお目見えすることなく即、衛生局へ直行です」

「それは勿体ない。無料でなく、市価の三分の一でもいいから貧乏人に売り付けてやれば、僅かとはいえタバコ代くらいは儲かったのに……」

大野は遠慮なく玄関先でタバコを吸いはじめた。俺の忠告をまるで聞いている様子はない。いままでの饒舌さが嘘のように黙り込み、煙の出てくるタバコの先端だけを凝視し、喫煙だけに全神経を集中しているようだった。

暫くしてすっかり短くなったタバコを床に捨て、彼は二本目のタバコに火をつけた。

「いや、実はね、こういう奇矯な研究なんて傍から見れば、あたかも好きでやっているように思われるのでしょうが本当のところ他に碌な仕事がないからなんですよ。不況ですからね……何か割のいい仕事があれば他のことやりますよ……金さえあれば、こんな詰まらない仕事、いつだって辞めてやりますよ！　こんなもの、何の思い入れもない……」

溜め息混じりに、タバコの煙を吐き出した。

「私ね、こう見えても権威ある賞を貰っているんですよ、一度」

大野はそのとき、完全に俺の存在を忘れて独り言に没頭しているようだった。

「周りが『せっかく賞を貰ったんだから、がんばれ』なんて親切にいうものですから、ちょっとくらいは続けようかなと思ってはみたものの、やっぱり私にはこの職業は全然向いていないようです……辛いです……もう全然やりたくないです。受賞したときに貰った賞金の百万円なんて、とっくに借金返済の一部にまわしただけで直ぐになくなってしまいました。生活を立て直すためには、結局はあまり役には立ちませんでした……ああ辛いです……アルバイトでいいから他の仕事がしたいです……もう、こういうのはウンザリなんです。本当はこの仕事全然やる気ないんです。しかし、周りの応援してくれる人たちのことを考えると、どうしても……前向きに頑張っている振りをしたくなってしまいますが、自分だけは実によく判っているんです。本当はこういう仕事は大学かどこかでちゃんと勉強した人がやればいいんですよ……自分みたいな無学な奴がやってはいけない分野なんですよ、実際のところはね……」

再び溜め息混じりに、空を見つめながらタバコの煙を吐き出した。

「とにかく長年あたかも研究に熱中する演技をするあまり、周囲の住人の方に対して無頓着となってしまい、結果としてあなたにご迷惑をかけてしまったわけです。本当に申し訳ございませんでした。もう二度と異臭騒ぎなど起こさぬように努力します。では、私はこれで失礼しますよ。お元気で」

お金をあげるからもう書かないで、
と言われればよろこんで

喫茶店のテーブルに、駅前の書店で買った文芸誌を袋から出し、コーヒーを飲みながらページをめくってニコニコしながら読んでいた。そこへ予定の時間に遅れて男がやってきた。あわただしく店に入ってきたその男が、待ち合わせしている電子メールの人物と同じ人間であるかどうか考えている間もなく相手の方がこちらの存在に気付いた。

「遅れてすいません！いやいや本日ご足労願ったのは、実は貴殿のビジネスに必ずやお役立ていただけるはずの今最もホットな情報をぜひご提供したいからなんです」

そう言うと、もう次の瞬間にはテーブルの向かいの席に着いていた。黒い口ヒゲが印象的な日焼けした小男、としか外見を説明できないこの男は、俺と目が合うと急に薄ら笑いを浮かべて黄色い歯を見せた。

「美容、痩身、健康に興味をお持ちの女性のメールアドレスばかり四万六千件。さらにまだあります。一昨年倒産した大手エステサロン（エステ・de・○○○）の女性会員名簿（氏名・住所・生年月日・電話番号）が、何と八十五万件もあります」

水とおしぼりを持ってきたウエイトレスに小声でコーヒーを注文すると、すぐさま商売の話に戻った。

「ご存じの通り、宣伝手段で最も効果が高いのは言うまでもなくＤＭです。郵便の封書とは違って、ほぼお客様に間違いなく見ていただけます。開封率が非常に高いからこそ非常に効果も高いのです。ですからメールマガジンなどのインターネットを利用していらっしゃる貴殿も、さぞやビジネス上手な方なのではないかと見込んでお知らせ致しました。あっ、申し遅れましたが、私は一昨年に名誉ある第十四回三島由紀夫賞を受賞した作家の中原昌也です」

この個人情報を売付けようとしている男の本職は作家であるのが説明から判った。俺は趣味で文芸誌をよく読むのだが、その名前は聞いたことがない。よほどレベルの低い文芸誌からしか相手にされていないのだろう。

「いやいや実際には何の商売にもならないちっぽけな賞でしてね……『作家とやらになれば少しは生活も楽になるんじゃないか』と甘い考えで小説を書いてみようと思ったんです。でも、小説のイロハも判ってないから結局は全部、人に代筆してもらったんです。これは内緒ですけどね……へへへ」

「いや、作家なんてもうとっくに廃業してますよ。当然です。うまく編集者や読者をだましてやってきましたが、所詮ニセモノは長続きしません。だいたいいまの世の中、文学だなんて言ってる連中は全部サギ師か傲慢で低能な金持ちのボンボンかヒモか石原慎太郎みたいな最悪な連中の仲間ですよ。僕にしてみればそういう人間は通り魔だとか殺人犯みたいに理解不能な人種と一緒で、区別がつかない……なにより世の中の人が考えているほどにはお金にならないですからね、小説なんて。バカバカしくてやってられません。はっきり言って今の日本人は、誰一人として文学なんて必要としていません。だって石原慎太郎みたいなのがのさばってたり、亀井や江藤といった非常に不愉快で胸糞悪い連中が偉そうにしてるような国ですから、そんなものは必要ないでしょう。バカバカしいですよ。ああいう手合いがＴＶに登場しているのを見るだけで日本という国が大変恥ずかしい国のように思えて仕方がない……何が文学だ、文明だ、社会だ、平等だ、善意だ、という感じですよ。ああいう人種がふんぞり返ってる社会なんて碌なもんじゃあない……ふざけるなって感じですよ。全部茶番ですよ、茶番！ふざけやがって。本当に吐き気がする。人をこれだけ不愉快にさせてくれるのだから、彼らが大層な人たちであることは間違いないでしょう。その辺は並みの人とは違う何かを持っているという証拠なんでしょうが……ただ僕個人は本当に腹立たしい……誰なんですか、あいつらは？一体何が偉いんですか？何をしたというのでしょう？また何をしてくれるというのでしょうか？何故あんなに偉そうなんでしょう？……本当に目障り。さっさと消えて欲しいです。いや、連中の名前を口にする度に吐き気がするし、怒りで顔が火照ってきます。イライラします。あいつらが好きだという人間も本当に信じられない……きっと別の惑星からやってきてこの世界を破壊しようとしている悪魔に違いありません。ああ恐ろしい。連中がいる限り、この世界から凶悪犯罪はなくなりません……。だって僕自身、連中の名前や顔を思い出す度に、その辺に歩いている誰の首をも絞めてやりたい衝動に駆られます。ウソじゃありません。本当です。多分僕と同じような人は全国に沢山いると思います。その人たちがきっと凶悪犯罪を起こしているのです！寧ろ、まだまだ沢山の凶悪犯予備軍が潜んでいる筈です。それが現実なのです」

「あいつらが牛耳る社会では、あらゆる類いの文学も敗北です。無意味です。とはいえ僕自身がもともと文学とは何の関係もない人間でして……昔から小説なんて、一冊も読んだことありません。そんなのは東北の寒村から出てきたような大卒の田舎者がやればいいんです。僕が読むのは、やはりマンガですね。マンガは面白い。根っからのマンガ人間なんです。一日中、何もせずマンガだけ読んでいろと言われれば、よろこんでそうするでしょうね。そもそもドストエフスキーやバルザックが『美味しんぼ』や『ナニワ金融道』ほどに優れて実用的な物語を、一冊でも書いているでしょうか？僕はそう思いません。やっぱりマンガしかないです！マンガ！マンガ！マンガ！マンガ！マンガ！マンガ！マンガが一番なんです！小説なんてどれも陰気で虫酸が走ります。慎太郎のような最悪なファシストがのさばる社会では、やっぱりマンガでも読んで馬鹿笑いするしかないですよね」

「突然ここにお呼出しするメールを差し上げる失礼を深くお詫び申し上げます。ですが、どうしてもあなたにこのビジネスチャンスの情報を届けたくて失礼とは重々承知ながらも、あのようなメールを差し上げた次第です」

「このような情報は新鮮さが命です。どれだけ早く手に入れて活用するかが、ビジネスでの成功を収めることができるか否かの分かれ目と十分になり得ます。これはいかにも現代的な勝敗を決めるポイントですね」

「重要なのは、他人よりも一歩も二歩も先に抜きん出て、斬新なビジネスを仕掛けることができるかどうかです」

「で、リスト価格はですね……女性メールアドレスが四万六千件……大手エステサロンの女性名簿が八十五万件分……調べていただければ判りますが、通常このようなリストは一名〇・三円～一円が相場なんです。単純計算でも五十万円以上の価値がありますが、いくらご商売とはいえ、五十万円をすぐに出せる方ばかりではないと思います。そのため、今日から一週間という期限内にお申し込みの方にジャスト三万円でお譲りしますよ。私も真剣にビジネスに取り組んでおりますので、これ以上の値引きには一切応じません」

「ただし！このような情報は信用が第一です。このようなお呼出しのメールを突然差し上げて信用して下さい、というのは無理なのは百も承知です」

「ですから、まずは申込金として二万円だけ先にご入金いただければ、すぐにでもリストをお送りいたします。お手元に届いたリストを確認されて、到着日を含め二日以内に残金一万円をお振込みください」

「お振込み完了後に、メールで『振込み完了』の件名でお知らせいただければ、すぐに確認します。くどいようですが、このような情報は新鮮さが命です。私もこれを一つのビジネスとして考えておりますから、あなた様以外にも実は何人かの方にご案内を差し上げております」

その何人かに選ばれて大変光栄なのだが、俺のような人間には、このようなリストを活用するアイデアがない。

「リストをご購入するかしないかは、貴方の判断におまかせします。どのように使われるのかも自由。でも結局は素早く行動を起こした人の勝ちなんじゃないですかね」

このリストに掲載された女性を一人ずつ訪ねて抹殺する、というのもいいかもしれない。

「また、同じメールアドレスや会員名簿でも、特に女性のものは市場価値が高いのは世の常ですよ。それにこれだけのリストが出回るのは、そうそうあることではございません。これをビジネスチャンスと捉えるかどうかが一つの成功を収めるきっかけになるかもしれませんよ」

「ああ、さっきは石原慎太郎のこと散々罵倒しましたが本心では『立派な方なんだろうな』と思っていますよ。やっぱりこれからの日本を引っ張ってくれるのは、彼しかいないです。あと芸術に対する理解力も、並み大抵のものじゃありませんよ！尊敬しています。彼がいなかったら、いまごろ私はカラスに目を突かれて死んでいたでしょう。『慎太郎！』と言える日本は素晴らしい！あと最近の外国人は皆、口を開けば『ジャパニメーション！ジャパニメーション！』ばかり言います。我が国のマンガ文化が世界に認められたのです！やっぱりこの日本国民が誇れるのは慎太郎とマンガですね。慎太郎！マンガ！慎太郎！マンガ！慎太郎！マンガ！慎太郎！マンガ！慎太郎！マンガ！慎太郎！マンガ！それだけが交互にあれば他には何にもいらん！と断言しようじゃありませんか」

そう言い放つと、男はすでにぬるくなってしまったコーヒーを威勢よく一気に飲み干した。

「とにかく貴殿のご成功を心よりお祈り申し上げます。それでは次の待ち合わせがあるのでこれにて失礼します」

SEXY BABYLON

『世界の中心～』前売券買っちゃった…楽しみだなあ。

おれも山拓のイメージアップ運動に参加しよう。
「もう、エロ拓なんて呼ばせないぞ！」

石原慎太郎を支持したから、
これからは日本は芸術大国になるかと思うとワクワク。
大道芸と称して天狗ショーやる人とか出てくるかも。

小泉首相？　ん、おれも公式参拝したかったなあ。
仕方ない、年金でも納めに行くか。
手製のおにぎりなんて持っちゃってさあ。

SEXY BABYLON

ああひと仕事終わった。
さあこれから三回目の『刀』を読もう。

凶暴な放浪者

煙草の煙だけがはっきりと白く空間を漂う薄暗いバーの末席で、互いの顔もはっきりと認識できないにもかかわらず、一方的に色々と語ってしまった。

「書くなら派手なやつがいい。裸の女だとか、スカッとするような殴り合い。高価なスポーツカーで派手に女を轢き殺して、白い車体が鮮血に染まる。カミソリで女の顔を滅多斬りにする。そういう読者が好きそうなものを全部盛り込んでやればいいのさ。連中は、それっ！　とばかりに飛びつくのさ。そういう小説のどこが面白いのか、と訊かれても判らない奴には上手く説明なんてできない。しかし、そういうのは絶対に面白いのだから、仕方がない」

それまで自信満々で文学論についてベラベラととめどなく続けていたお喋りに終止符を打つつもりはなかったのだが、何万という言葉のひとつとして唐突に口をついて出てしまった。そこで久しぶりに会話が止まった。正確に言うと、止まってしまったというよりは、勝手に止まったのだ。のべつまくなし喋る習慣がついている私たちの生活に於いて、別段気にとめるような内容ではないと思っていたのだが、聞き手の方はムッとした苦々しい表情になってしまった。実際、面倒臭いことこのうえないことなのだ。聞き手の彼が不快に思うことは、言葉を巧みにあやつるエンターテイナーとしての威厳が許さない。

「それで、実際にそういう小説を書いてらっしゃるのでしょうか？　または今後の計画としての話なんでしょうか？」

突然、聞き手にスポットライトが浴びせられたかのように、顔がはっきりと浮かび上がる。その瞬間、彼の額から頬にかけての大きな傷を発見する。以前、何者かに斬られた痕なのか？　しかし、それについて聞きただす度胸などない。

「まあ、顔を刃物で斬るみたいな痛そうなのは書かないことにする。だって自分が誰かに同じことされたら嫌だからね。今後こういう表現を売り物にする低俗な小説が大量に市場に出回るおそれがある。それらを規制する必要性は、社会のことを考えればあるんじゃないかな」

一瞬、聞き手は黙ったまま大きな手で自分の顔を覆った。しかし、すぐに手を離すと明るい表情に変わっていた。

「まあ、そうですよね。その歯止めにこそ警察機関を有効に機能させるための法案が必要となってきます。何を文学表現としての悪とするのかという基準についての警察官の認識を厳密に統一させる、ということも検討すべきですよ。何せ、彼らには生まれながらに字の読めない奴が多いようですから」

もう微笑さえ浮かべている。まるで手品みたいに鮮やかな表情の変貌。

「でもね、悲しいことにそういう『女の顔を滅多斬りにしろ！』みたいなことを書く以外、書くべきことは何もない自分みたいな奴もいるからね。だって書きたくて書いてるのではないから、自然に書きたくもない嫌いなことを書いてしまうんだ。とりあえず原稿の余白を埋めてくれるものだったら他の話題でも何でもいいんだけどね。何も書かず、ボーッとしている時間だって嫌だね。本当は目的意識を持って書きたいよね。でも才能なんてあるわけないし、所詮最悪に醜い人間として蔑まれて生きてきたから、美しいことなんて全然書けないし、書く気もない。とにかくもともと才能がないんだ。文章を書くべき人間じゃない、これだけはハッキリしている。この状況は何かの間違いにしか過ぎなくて、誰かの嫌がらせでこうなってしまっただけで、僕には何の悪気もないことだけは絶対に判って欲しいんだ。僕に罪はない。あるとしたら、こういうことをやらないと生きていけない社会にあるのだと思う。だって何かを書かないと、御飯が食べられないのだから仕方ない。つまらないけど仕事だから仕方がない。苦痛だけど、仕方がない。誰も面白いと思ってもらえないことしか書けないけど、僕が一番面白いと思っていないのだから我慢してよ。そんなことを書くのは、読むのより遥かに苦痛なことなんだから。嫌だったら無視すればいいだけのことなんだから、文句を言うのは止めてくれ。とにかく、読者よりもこっちの方がつらいのは判って欲しいよ。いや、別に判ってもらえなくたってかまわないや。読んでいる人なんて知り合いでも何でもないんだしね。何思われてもかまわないや。こんなことばっかり書いて人気を得られるなんて思ってなんていやしないし、金儲けなんて、とんでもない。本当に才能があるのなら『こいつには絶対書かすな！』くらい読者に思わせるのが可能なんだろうけど、そんな才能すらないんだからどうしようもない。さっさとこんな仕事辞めたい。だけど他に仕事がない。選択肢は全然ない。だからこうしてまた、あたかも好きで書いているかと誤解されるような露悪趣味的な恥ずかしい小説もどきを書いてしまったわけで……本当はどんなに書くのが楽しいかと感じることができれば、どんなに幸せかと思う。しかし、そんな時は恐らく今後も訪れる筈はない……永遠に。だって、自分が書けるテーマといえば如何に自分は人より劣っているかとか、まともな小説を書く才能がなく小賢しく奇を衒ったくだらないことしか書けないかとか、そもそも小説を書くだけの資格がない人間であるという表明以外何もないのだから。別に好きで自分が人より劣っているると伝えたくて伝えているのではない。文章を書くということは、己を見つめるという行為に他ならない。とすればただ単に醜いだけの人間、救いようのない最悪な人間であるのなら、それをテーマに書くしかないだろう。いかに底の浅い、それくらいしかボキャブラリーのない悲惨な人間であろうか。これがくだらない、賞というお祭りの犠牲者だ。賞をやった方は、どうしようもない人間にくれてやってさぞかし可笑しかっただろう。金が欲しくて欲しくてたまらない乞食同然に自分が、後先のことを考えず金に飛びつく様を見て笑いが止まらなかったことだろう。本当はそんな資格なんてない、ただ単に金が欲しいだけの文学とはまるで無縁の無学な低能が、賞などもらうといかに悲惨になるのかというのをよく見て欲しい。その貧しさと醜さをよく見るべきだ。そして真剣に文学と向き合う人々は、この悲惨さを教訓とし、二度と自分のような犠牲者を出さないようにすべきだ。心から文筆と自分を愛する健全な人間の言葉のみが活字になり、この鬱屈した社会に希望の光りを与えるようなものでなければならない。そうでなければ文学と呼ばれる価値はない。また、そういうものが大手を振って文学として流通しているようでは、文学はおろか我が国の文化に存続はありえない。様々な問題を孕んでいようとも、やはり自分もこの国の文化を愛している平凡な国民の一人である。だからこそ自分の書くものがいくらマイナーな同人誌まがいの雑誌であろうとも、それが人々の目に触れることを気持ちよく思ってはいないのである。ならばもっといいものを書く努力をすべきなのだが、それはどんなに期待しても無理だ。そもそも見ず知らずの誰某に何か語ってしんぜようという気持ちがもともと希薄であるからだ。当たり前だ。世の中の大多数の読者が、自分よりも人間として秀でているのは紛れもない事実であり、わざわざ見上げてまで何故下等な人間が愚かなことを自ら知りながらも物語らなければならないのか？　もし自分があなたたちのような優勢な民族の一員であれば、自分のような下等な人間が臭い息を撒き散らしながら、何やら程度の低い事柄を発するという状況を絶対に良しとしないはずだ。醜いものは生理的に誰でも見たくないし、即行に封じ込めることが健全な社会では必要なことなのを、どうやらエセヒューマニズムのせいで皆忘れてしまったようなのだ。本来ならば、自分のような下等な人間は、外さえも自由に歩くべきではない。何か発言することも阻止すべきだ。暴力による阻止を望んではいないまでも、規制は受け入れる準備はある。そのためにこそ警察機関を有効に機能させるための法案が必要となってくる。何を悪とするのかという基準について統一するということも識者である他の作家の皆さんと検討していきたい。しかし、先ほどは『自分に罪はない』と主張しておきながら、『自分のようなものしか書けない、才能のない書き手を裁け』みたいなことも結局は言ってしまっている矛盾が、ここで生じてしまっている事実を無視できない。これは、やはり識者である他の作家の皆さんとの会合の中ではっきりとこれからの自分の方向性が決定していくのではないだろうか？　いずれにせよ、活字になる時点ですでに作家の自分勝手で無責任な表現は許されない、ということをあらゆる書き手は肝に銘じなければならないのだ。それが便所の落書き程度の同人誌であっても、書き手の甘えを許してはならないのだ」

顔に傷のある聞き手が、やっとグラスに注がれたバーボンに口をつける。この店に来て、これが彼にとって最初のひと口だった。その仕種を見るついでに、何となくいままでの無益な話などもう沢山だといわんばかりのうんざりした表情を、どうしても読み取らずにはおれなかった。

「結局、先生は毎日街をブラブラして、くだらない買い物したり飲んだくれて、のんべんだらりとしているだけで何もしない、単なる元作家にしかすぎないというわけなんですね」

「いや、必ずしもそういうわけじゃない。僕だって生活する金が必要だ。たまには遊ぶ金だって欲しい。だから久々にこうしてまた、誰も頼んでいないのに幼稚な小説もどきの作文を書いてみたんだ。ちょっと読んでみてくれよ」

　書類入れからいままで聞き手だった男に原稿を手渡した。単に感想が聞きたかっただけだ。

「嫌ですよ、こんなもの！　気が滅入るだけで、読んで何もいいことがない！　いい加減にしてくれ！　もう何も書かないでいいから、とにかく読みたくないんですよ。先生の書いたものなんてのは！　私の好きなのは保坂和志先生みたいな人格者が書いた小説みたいなのなんですよ！　夏のボーナスでよければ全部あげますので、お願いだから読ませないで」

　それは、いまにも土下座せんばかりの勢いだった。

「そこまでしても読みたくないのなら、仕方がない。タイトルだけでも聞いてくれよ。『凶暴な放浪者』っていうんだ……へへっ、面白そうだろ？　君のボーナスで買ってくれたということで、この原稿は好きにしていい」

「それじゃあ、そうさせていただきます」

　聞き手の男は背広のポケットから百円ライターを取り出すと、もう片方の手に丸められた原稿の束の角の部分をためらうことなく燃やし始めた。

　誰の目にも触れることなく消えていく。わざわざ時間をかけて書いたにもかかわらず、炎は無情に原稿用紙を黒く縮まった無用の滓に変えていく。もっとも、そこに書いてあることだって、最初から誰にとっても無用の滓だったのだが。しかし、一応何がしかの金には換えられたのだから、それで良しとするしかないだろう。もちろん最初から誰かに読まれたくて小説など書いているわけではない。金が欲しいから書いているだけだ。しかし、いくら金になったからといっても拭い去ることのできないこの不愉快な感覚は何なのであろうか。

　我が原稿を焼き尽くす、安手のライターから発せられた炎だけが、唯一の相応しい読者なのだ。

「放浪者が公園の管理事務所の物置きにあったスコップを担当者の許可なく勝手に持ち出し、公園の茂みで性交中の若い男女をメッタ打ちだって？　そんな酷い事件、あってよいものだろうか！」

特に何か特別なできごとなど期待させない平凡な朝に、辰彦はバターとジャムをつけたトーストを頬張りながら、配達されたての新聞の三面記事を目にして大声を出した。そして自分でも予期せず、突然派手に大きな背伸びをした。さっきまで部屋のカーテンが閉まっていたせいで、まだ現在が昨日なのか今日なのかも判別できず頭が朦朧としていたはずなのに、ふと目にした記事のおかげで意識が覚醒したのだ。勤労意欲も突然湧いた。そしてさらに熱い筈のブラックコーヒーを勢いよく飲み干した。彼は爽やかに過ごすべき朝に、新聞の陰惨な三面記事を不意に読んでしまっても、決して胃の調子が突然悪くなるようなことはなかった。そんなことで物憂くなったりして体調が左右される人が、世の中にいること自体、彼には信じられなかった。

昔からそんな状態の奴が人々に介抱されているのを見ると「繊細ぶってるだけなんだよ」と吐き捨てるように言ってしまい、周囲から冷酷な卑劣漢よばわりされ、彼自身心を痛めたこともしばしばあった。

食卓のあるキッチンから、ささやかな居間に移動し、例の三面記事を丁寧にハサミで切り抜いた。そして戸棚の上の箱を、背伸びして取った。

「昨日から何故か、もうすぐ使うことになるって気がしていたんだよね」

これは一ヶ月前の日曜日に、原宿のフリーマーケットでサーファー風の青年から安く買った少々旧式であるラミネート加工の機械が入った箱である。部屋の中央にあるテーブルの上に箱ごと置いた後、箱から取り出して広げ、それで小さな新聞記事をきれいにパウチしてポケットに入れた。機械を購入して最初にパウチしたのが、これだ。ハンカチを持ち歩く習慣のない彼にしてみれば、トイレに行って手を洗った直後にうっかり濡れた手でこの記事を読み返そうとしてしまった際に、相当なありがたみを思い知ることだろう。

しかしパウチする際の作業は、辰彦が予想していた工程よりも、さらに複雑で面倒で時間がかかった。取り説に書かれた文章は、下手な訳文のように意味不明だったのである。

「意外に用途があるんだってば」と、強引に話し掛け、この機械を彼に売り付けるために立ったまま二、三時間も執拗に説得してきた絞り染めのTシャツを着たサーファー風の男との会話の一部始終を辰彦は思い出した。

「パウチするときにうっかり熱い部分に触っちゃって、火傷するんじゃないかとやたら心配になったりする人が多いと思うんだけど、やってみるとこれ意外に簡単なんだよね。そもそも注意してやれば、熱いところを触らずに扱えるし。慣れれば火傷のことなんて完全に頭から消えて、楽しい気分でパウチできちゃう……だって思い出してみて、ケロイド状態の火傷のこと常に頭に思い浮かべて料理する人なんているわけないじゃん。いる？　身の回りにそんな人。そもそもそんなこと考えて作って旨い料理なんてできるわけないでしょう。というか、そんな気持ちで料理作ってほしくないよね。どんなこと考えて作ったのか、食わす前にちゃんと正直に言ってほしいよね、料理作る人は。『こないだＮＨＫで放送してた全身ケロイドの人のドキュメンタリー番組を思い浮かべて飯作ってたでしょう？』とか絶対に聞きたくもないって感じ！　こっちだって思い出したくないよ、ゲゲッ。あの番組……もう！」

辰彦のアパートにはテレビはないので、不幸にしてその番組を知らない。知らなくて良かったというべきか。そもそもテレビがないからわざわざ新聞を取っているのだ。

「たとえばレストランの厨房から調理人のすべての思考が、全部モニターに映像化されて、客が常にチェックできるとかさ、あったらいいよね。もう可能でしょ、そんな技術。『この包丁でフロアマネージャーの首スッ飛ばしたらスッとするぜ』とか『どっかで女絞め殺して、バラしたその肉を調理して客に食わせてみてえ』とか考えて肉切ってるコックいたらもうバレバレだよね。これからはそういう不健全な奴がどこかのレストランの厨房に潜んでいて善良な人間の振りしてるなんて、どんな上手い言い逃れしても、もう通用しないよ。もう顔面から汗ダラダラ。すぐにマネージャーが飛んできて『クビだ、他所で働いてくれ！』ってことになっちゃうね。いやそれよりも、ソーセージとか貝とか見て性器を連想してムラムラしちゃう純情な人は厨房には入れないっていう、そういうおかしな時代が来るかもね、近い将来」

　そこで辰彦の興味なさそうな表情を見て、サーファー風の男は急に我に返った。あまりの無駄な会話にようやく気がついたのだろう。そんな調子だから、今日は売り上げが悪いのだ。

「でね、ハマると何でもパウチしたくなっちゃう……ちょっと見て、これとか」

　何かの雑誌のカラーページを手渡された。まるで興味の持てない男性ファッションョン雑誌のページが数枚パウチされていた。この加工を担当した人間自身が好きなヴィジュアルなり文章が掲載されているというわけでは特になさそうだった。ただ適当に、足元に無造作に転がっていた雑誌の、どうでもいいページに過ぎないのだ。現にこのページが選択され何故パウチされたのか？　一向にこのサーファー風の男から説明されることはなかった。

とにかくあの男に関する、何もかもが辰彦にとって腹立たしくなってきていた。奴の、どちらかといえば黒目の多い瞳の奥には、気味の悪い洞窟のような空間が広がっていた。あの日曜日のフリーマーケットのことを、思い出すのも嫌だ。いままでは何とも思っていなかった、ただのサーファー（実際にサーフィンをやっているのかどうかは尋ねなかったので、結局本物のサーファーか否かは判らず終い）風の、海辺によくいる兄《あん》ちゃんが、この一度きりで今後役に立ちそうにないラミネート加工用の機械を無責任に押し売りしたばかりに、辰彦の憎しみのすべてが彼の存在に降り注がれていた。

「こんな使い勝手の悪いのを、もう二度と使用するのはご免だ」

ラミネート加工を施す価値のある紙片など、今後出会うことは想像できない……ふと、そんな思いが彼の頭を過《よぎ》った。それは機械の両端に発泡スチロールを填めた後、再び箱の中に戻すという作業の真っ最中であった。

この日はたまたま、目覚ましの力を借りずに、いつも起きる時間よりも三十分ほど早く起きていた。恐らく定時に起きていれば、新聞などに目を通さず、これほどのショッキングな事件に気がつくこともなく家を出たことだろう。ちょっとした早起きが、刺激的な一日を生むきっかけになるというカンフル剤の役目を果たした。さらに冷たい水で顔を洗い、鏡で自分の顔を見ながら気持ちを引き締めた。その際に彼は再びポケットの中のパウチした三面記事を取りだした。洗顔に使った両手は、まだタオルで拭かれる前であったので濡れたままだった。

そしてバイト先の新宿へ行くために駅へ行った。京浜急行の上りに乗るためだ。辰彦はホームのベンチに座りたかったが、電車を待つサラリーマンたちにすべて座られていた。

「ベンチに座りたいが連中に占領されている。しかも電車はなかなか来ない」

辰彦は駅のベンチには確実に座りたいと思っていたが、電車の席に座れるか座れないかにはまるで興味がなかった。寧ろ座らずに閉じたドアの脇に立ち、窓の外の風景を見ることにただひたすら無心に浸る、というのを好んでいたのだ。そして電車の揺れが足りないとばかりに貧乏ゆすりもする。他に、逆方向へ向かう電車とすれ違いざまに、辰彦と同じようにドア脇に佇む人と目を合わせてみたりするのが実に楽しみだった。

電車は品川駅へ着き、JRに乗り換えるために山手線のホームで待つ間の手持ちぶさたで最悪に空虚な時間、再び家でパウチした記事を手元に取り出して見ると、どうやら現場は彼の住んでいる青物横丁駅の近所らしいことが判ったのだ。現場を目撃した可能性だって、決してなかったというわけでもない。

「まさに胸がムカつくような惨劇だったはずだ。忌々しいほどに惨たらしい……前途洋々たる若者たちの未来は、無情にも一瞬で摘まれたのだ。凶暴な男の一撃によって」

接合されたままの性器が、被害者の男性から切り離されているに違いなかった。もしくは食い散らかされた家畜の餌のように地面に転がって放置されていたのだろう。反吐にまみれた男性器の断片を、警察犬はトリュフを探すブタのように見つけることができるのだろうか？

現場にあったラジカセからは二枚組ＣＤからＭＤにダビングした『BEATLES/1962-1966』がエンドレスで流れていたと、新聞記事は報じている。そのタイトルの通り六二年から六六年までのヒット曲が収録された、ビートルズの入門編としてはうってつけのアルバムである。あの誰もが知っている名曲「ラブ・ミー・ドゥ」から始まって「プリーズ・プリーズ・ミー」、ロックという言葉だけで眉間に皺が寄ってしまうほど真面目な教育者でさえも聴いたら思わず踊りだしてしまうような「フロム・ミー・トゥ・ユー」、「シー・ラブズ・ユー」、「アイ・ウォント・トゥ・ホールド・ユア・ハンド」。そして思いがけず血が付着しても、違和感のない赤いパッケージでお馴染みのジャケット。

音楽のことなどサッパリ興味のない辰彦でも、さすがにビートルズの存在くらいは知っていた。ポールにジョン、リンゴにジョージ……その内の半分はすでに鬼籍に入ってしまったことも、特に知ろうとしたわけではないのに、やはり知っていた。父親が相当な音楽好きであったせいである。しかし彼はビートルズのファンではない。寧ろ憎悪さえ持っている。ついでに残りの二人もさっさと首でも吊るかショットガンで頭をブチ抜いたりして死んでしまえばこちらも何だか気分がスッキリするのに……そこまでしてくれるならベスト盤でも追悼して買って少しは聴いてみてもいい、とさえ思っている時期さえあった。録音時のスタジオに居合わせた人間全員が故人である音楽の方が、何だか死後の世界の雰囲気の実況録音のような気分があってロマンがあるではないか。そんな音楽でないと聴く価値はない。それが辰彦の音楽の趣味だ。主に戦前ジャズのＳＰ復刻ＣＤばかりを聴くのだ。

辰彦が鎌倉の実家に住んでいた二年前、向かいに住む仲のよい兄妹が、彼の父と同じように揃って大のビートルズ好きだった。ある時には同じビートルズの曲が、数秒遅れで父の書斎と、向かいの兄妹の部屋から聞こえたこともあった。

とにかくその兄妹が嫌いだった。いつも辰彦を忌わしいものを見るかのような侮蔑の態度。一度も挨拶を返したことはない。辰彦の方はいつもちゃんと挨拶しているのに。はっきりとした、爽やかで大きな声で。せっかく気持ちのいい朝を共有したかった気持ちを、奴らは踏みにじったのだ。そんな連中はたとえ辰彦以外の誰かには親切で善良な人間であったとしても、もがき苦しみながら死ぬべきだった。この世界から抹殺されるべき嫌らしい存在。それがいくら近隣では親孝行の、よくできた兄妹で知られていてもそれは辰彦には関係がなかったし、そもそもそんな情報を親切に教えてくれる第三者がいたとしても興味など持てるわけがなかった。誰よりまっ先に死ぬべき二人。これは辰彦によって決められた運命だった。

実際に聞き伝えられていた兄妹の善行など、すべて偽りであった。彼らが共有して愛聴していたビートルズのレコードはどれも盗品。

辰彦は何度もその犯行現場を目撃した……たまたま毎回の犯行の際に、店に居合わせたからだ。音楽に興味のない彼だったが、彼らの行動には興味があったのだ。

大きなデパートから盗むのならばともかく、駅前で個人商店のレコード屋を営む老夫婦から盗ったものだ。それは犯罪だ。死を以て償うべきだ。老夫婦から何の予告もなしに顔面を鋭利な刃物で何度も突かれて眼球を抉られても、彼らは文句は言えない。「痛い」の一言でさえ発するのも絶対に許されない。二人はただ黙って当然のように、神から与えられた運命を受け入れよ。

「何がビートルズだよ、ヘルメットみたいな頭した脳なしのクソ垂れどもが、排泄行為を無責任に曝しやがって！」

悪態をつけばつくほど辰彦が行く先々で、有線放送またはＣＤで、嫌でもビートルズの曲を耳にする――「ヘイ・ジュード」や「イエスタデイ」などの名曲の数々。人々にとっては思わず急ぐ足を止めてしまうほどの素晴らしいメロディと歌声だが、辰彦にとってはただの拷問でしかないひどい雑音だ。

「これが好きな連中は、もう十分に体に染み込むくらい聴いてるんじゃないか。いまさら外で聴いて何が楽しいんだ。こういうのが大嫌いな人間だっているんだ。そもそも、こんなのは音楽じゃない。肥溜の中で絶叫する下等な蛆虫どもの爛れた乱交だ。非常に腹立たしいじゃないか。こんなものを聴いて、いい気分になっている奴らの神経を疑うね」

　こんなものは尻にトイレットペーパー挟んだまま街を自慢げにねり歩く恥知らずのただの蛮族だ！　奴らの住む村をまるごとナパーム弾で焼き払ってしまえ！　と世界各国の識者たちが会議で口々に叫ぶ光景が辰彦の目には浮かぶ。

「こんなくだらない堕落した音楽が好きな連中だから、やっぱり抹殺されるべきだ。わざわざ彼らを産んだ御両親には悪いが、もうこれは仕方がない」

　とっくに実家のある鎌倉から出て、現在は東京の大田区で独り暮らしをしているというのに、いまだこの界隈でもビートルズの曲を耳にする。その度にあの忌々しい兄妹の顔が思い浮かぶ。いまだに死にもせず、のうのうと生きているのかと思うと、無意識のうちに嫌がる誰かの髪の毛を、力任せに引っ張ってしまうほどの激しい怒りが込み上げる。

　実際、彼の目の前に御自慢のさらさらした長い金髪を見せびらかすように立っている外国人女性がいた。モデルか外人パブのホステスか売春婦か何かなのだろう。年収は一千万くらいはあるのだろうか？　しかし彼女がどんな職種に就き、いくらの年収を得ているのか？　などという類いの疑問に関しては最早、何の興味もなかった。もちろんどこの国からはるばる来たのかなども。彼女がどのような家庭に育ち、どんな世界観を持っているのかは判らない。しかし、どうせ日本人なんてただの薄汚い猿だと日頃から蔑んでいるのは、サングラスなどという視界の中の醜いものを黒く塗りつぶす浄化作用のメガネを気取ってかけているふてぶてしい態度から歴然だ。

とにかく、そのきらきらした美しい髪を一本残らず全部引っこ抜いてやりたい衝動は、誰にも見えない辰彦の心の奥で肥大した。思いきってライターの液体をブッかけて一気に燃やしてやるのも痛快だろう。

「ハーイ！」

一応、単純に殴ってやるにしても腹に蹴りを入れてやるにしても、その前に何か会話くらいあってもいい。さわやかな愛想を最初に見せたからといって、その後に些細な理由で暴力沙汰に発展することなど日常茶飯事であろう。辰彦の姿は彼女の視界の中では透明人間同然なのだから、こちらから自分の存在をアピールするのがフェアだ。少なくとも何を考え、何を伝えようとしているのかと正確に言うことはないにせよ、ヒントくらいは与えないと。この行動は、極端に卑怯な襲撃を嫌う、日本の武道の精神を象徴している。

辰彦が蹴る際に少々助走をつけ過ぎて、金髪女性はホームから飛び出てしまった……そこへ運悪く電車が……いそいで人込みをかき分けて辰彦は、金髪女性の上の新宿行きの山手線に乗る。ホームでは阿鼻叫喚のただならぬ状態だが、電車の中の人々はそしらぬ顔で週刊漫画雑誌などを読んでいたり、サッカー中継がホームで流されていて、それで盛り上がっているのかと勘違いする愚かな若者や、中には菓子を頬張るハイキングに行く親子さえいて待ち切れずに陽気に「オオ、ブレネリ」などを歌い、大いに笑っている。何と呑気な光景なのだろう。もともと、大らかな性格の辰彦でなくとも思わず童心に返って、その一家団欒に加わりたくなった。

新宿の手前の代々木に着くころにはもう完全に外国人女性の陰惨な轢殺事件のことは忘れ去られて、暖かな日の光が車内に春の雰囲気を溢れんばかりに運んでくるような平凡な車内風景に戻っていた。彼女の親類などが亡骸を引き取るついでに大挙して日本を訪れて京都や奈良などの美しい寺などを観光し日本文化の素晴らしさを少しでも知って帰ってくれれば、と辰彦は願わずにはいられなかった。この救いのない轢殺事件に予期せず関わってしまった人々ならば誰しもそう考えたであろう。いわば、辰彦は彼らの代表として、死亡した外国人女性の家族たちが陰惨な事件を乗り越えて、京の街の艶やかさによって救われるのを夢想したのだった。

そんな車内に、どこからともなくビートルズの「フロム・ミー・トゥ・ユー」の冒頭のフレーズが聞こえてきたのだ。いつどこで聞こえても驚きのない親しみ深いメロディに、いまさらわざわざ「これって、ビートルズの曲だよね」などと反応する不粋な乗客はいなかった。もしかするとこの曲は車内の誰の耳にも届いていないのかもしれない……恐らく例の若い男女が放浪者に襲われた現場で、切り落とされた男性器の隣りに、いまも残されたラジカセのスイッチが入ったままなのだろうと思った。

交通事故現場にいた老婆

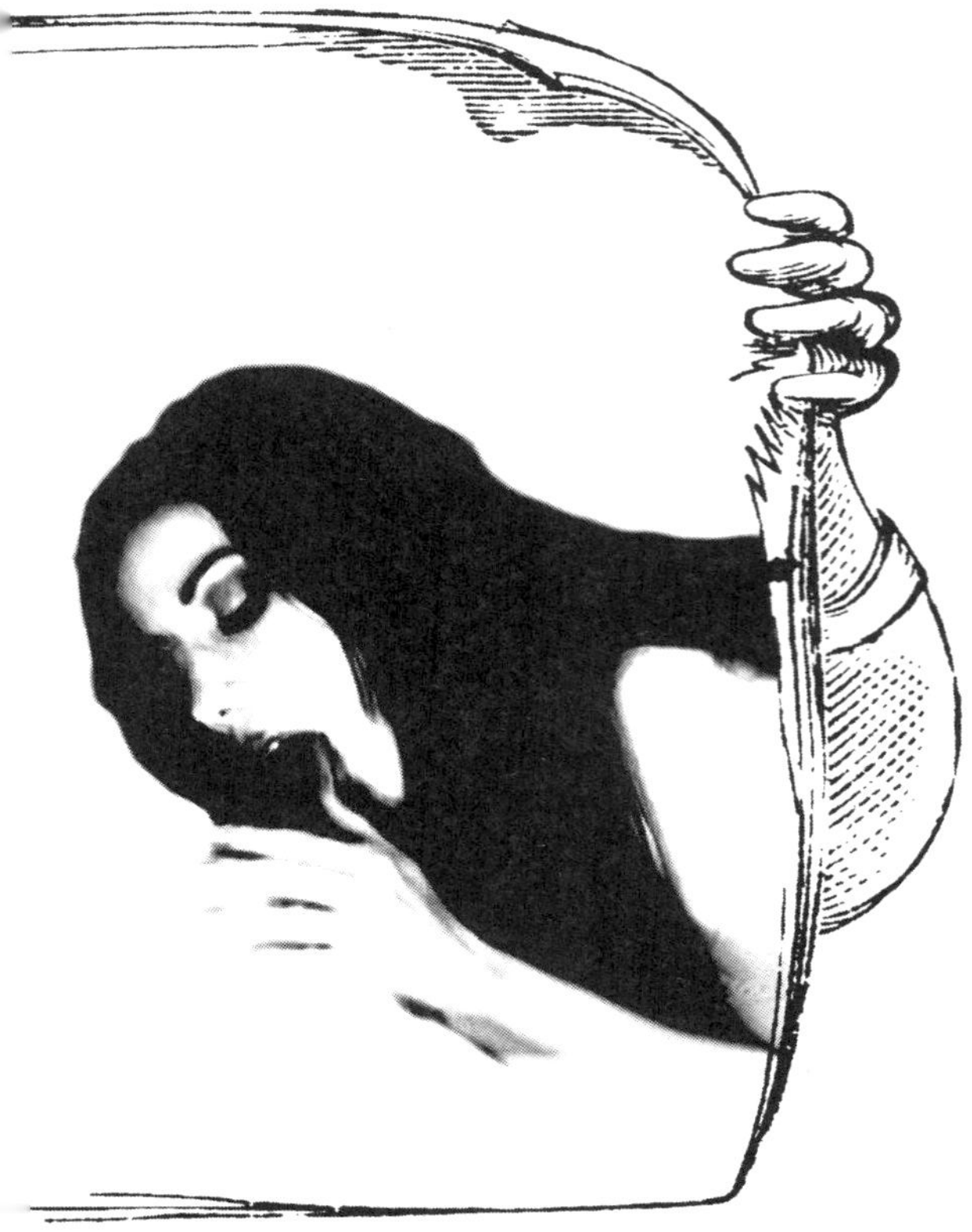

近所にふらりと買い物に出ると、車が大破して打ち捨てられ、その横に老婆が座っていた。

話しかけてみたが無言であった。

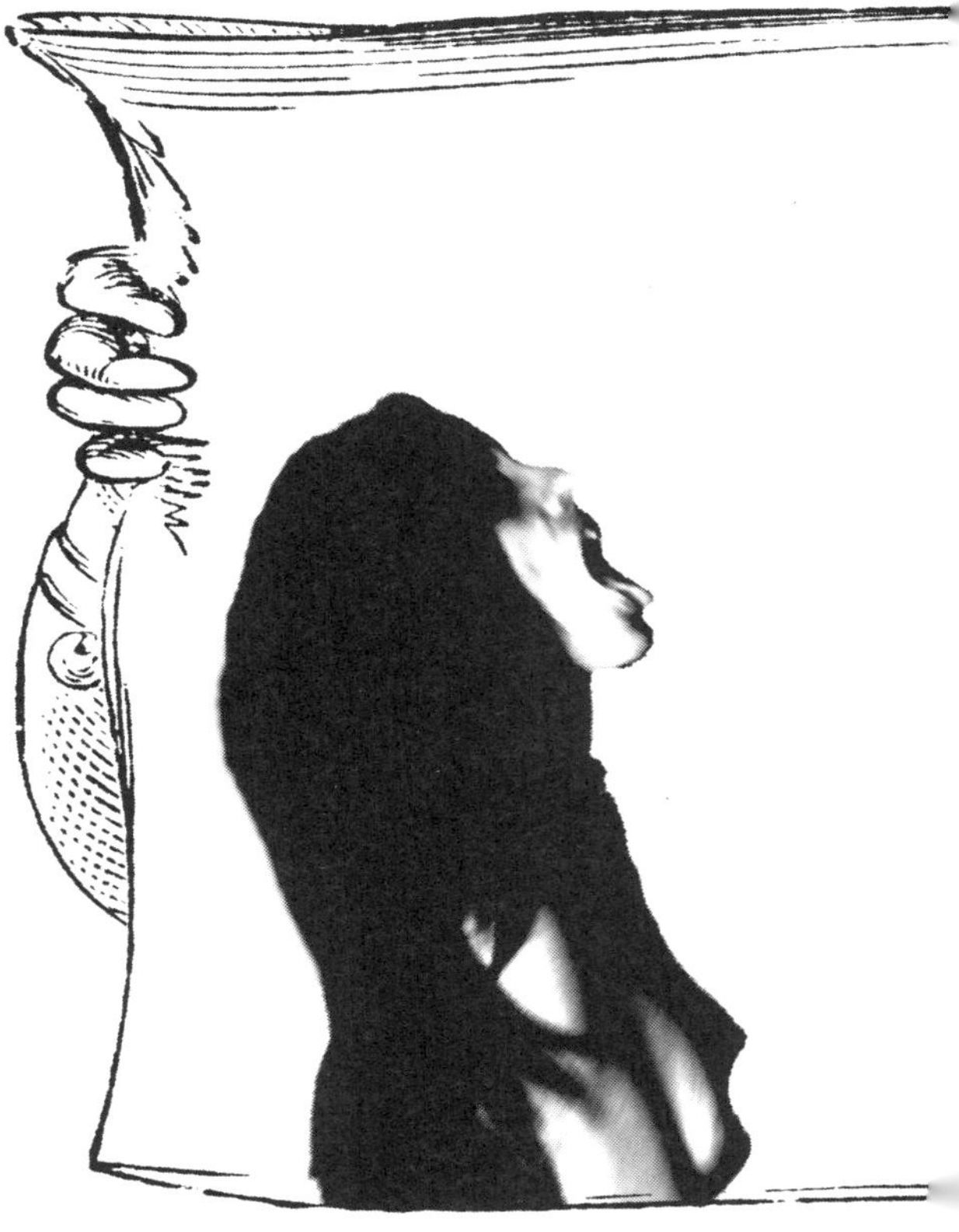

鳩の住み家

好意のこもった優しい気持ちを、一羽の鳩は踊るように宙を舞うことで表現した。

雨が降った後の曇った空を何気ない気持ちで運転中の車から見上げた父親は、偶然その鳩に出会ったのだ。苦悩に満ちた表情がたちまち感動によってうれしそうな顔に変わった。そして、きちんと鳩に向かってお辞儀をした。

すると鳩は狂ったようにさらに激しく優雅に飛び回ったのである。恐らく、心が通じたのだろう。

こうして、温かい安らかな気持ちが久々に父親に訪れた。それが、彼の心を支配する不安を完全に覆い隠してくれると思ったのだが……。

注意深く車庫入れをしている時には、既に鳩のことは頭からスッカリ消えていた。気がつけば、再び父親は、自分が苦い顔になってしまっているのを自覚しながら車を後進させた。

根拠なき不安。いつも、それが父親を悩ませた。もし具体的に不安へと誘う理由があるのならどんなに楽だったであろうか？

正確な位置に車を停め、自動シャッターが閉まった時、車庫の中は完全に暗闇となった。

よく考えてみれば、不安はどうやら次のようなことから来るらしい。

一、理不尽な権力に対して、完全に非力な自分。
二、理不尽過ぎる運命に対して、完全に無力な自分。
三、意識した覚えもないのに、自分がいつの間にか会社や家庭という場でとんでもない責任のある境遇になってしまっていること。
四、長引く不況。
五、国際情勢。

頭の中で箇条書きにしてみて、さらに不安の要素を明確にしたところで、突如気分一転して清新の気に満ちたりすることはありえなかった。

世の中はただ白痴的に、自分の都合の良い面しか見ようとしない。事態を改善して困難を乗り越えようとは誰も考えない。

顔の見えない何者かが勝手に決めたことを、全員が盲目的に従う。

冷酷な暴君が次々に恐怖を突きつけて、一人ひとりが賤しい展覧会で展示される恥辱に満ちた絵を演じさせられる。強制的に。いや、自分は一枚の絵ですらない。たった一色の絵具に過ぎないのだ。

欲情した暴君が展覧会場で、その辺にいた無害な若者をつかまえて、近所のレンタルショップにてアダルトビデオを借りてくるよう命令。

嫌な顔をすれば無理矢理ジェームス・ディーンのTシャツを着せられる。本場アメリカより十数年後れての和製ジェームス・ディーンの誕生。しかも、ディーンの写真入りのTシャツ着てるのに……。さらにTシャツ代も随分後になってから請求された。

父親はさすがにそんなTシャツを着る年齢じゃない。世代からしてもジェームス・ディーンでないのは明白な事実だった。

〈大塚陽平『卑俗な処世術』より抜粋〉

やはり、まだ何も始まっていなかった。俺がそこに着いた時、これから何かが始まるという様子はまるで感じられなかった。ただ沈黙だけがそこにあるだけだった。

準備だけは終わっていたようだ。芝居が始まった訳ではないのに、幕が上がっていたから、舞台の上の様子が判った。あとは台本通りに役者たちが演じるだけだった。しかし、彼らは芝居をせずに、ただ舞台の上に居るだけで何もしようとしなかった。開演の時間はとっくに三分過ぎていたのに。

観客たちも一言も話をせずに、ボーッと舞台を見つめたり、手元のパンフレットらしきものを見たりしていた。満席に近い入りの会場に時折、客の出入りする足音やドアの音が淋しく鳴り響くだけで、何も起こらなかった。客の何人かは、自分がマネキンになったつもりで、思考停止して時間をつぶした。

俺の仕事は映画や芝居の原作権を買うエージェントだ。著作権管理を専門とする会社。

だから人気の高いベストセラー小説を誰よりも早く読まなければならないのだ。その為に速読法を身につけたのだが、納得いくまでにそれを習得するのは大変なことだった。

この芝居も、俺が権利を買って企画したものだ。今日の初日に至るまでの苦労もなかなか大変なものだった。原作者である大塚陽平と最後に会ったのは二ヶ月前のこと。

奴の家は豪邸ばかりが立ち並ぶ住宅地にあった。

「ああよく来たね」

高価そうなガウンを身につけた大塚は、わざとらしく愛想のいい態度で、俺を出迎えた。

「この忌わしくて醜い、金の亡者め」

小声で言った俺の独り言は、まるで奴には聞こえてなかった。きっと頭の中で鳴っている男女の性器がこすれ合うクチャクチャいう音か何かに気をとられていたのだろう。

俺が靴を脱ぎ、スリッパを履いて玄関に上がると同時に立派なゴルフバッグが目に入った。

「気がついたようだね。これは高級なクラブばかり入ったゴルフバッグだよ」

ほう、と唸ったような表情を俺がしてやると、奴は自慢げにうなずいた。とりあえず機嫌を取ってみたが、いつも仕事と関係ないところでの奴は気さくで有名だった。重要なのはこれからだ。

「早速だが、例の僕の『卑俗な処世術』のことなんだけどね……」

洒落た応接間のソファで俺と奴が向かい合っている。普通の家なら茶や菓子が出る筈なのに、奴の家に限って客に何も出さない。

「あれはやっぱり舞台にしないほうがいいんじゃないかと思ってね」

僕はがく然となった、額に汗がどっと出た。

「汗ばんでるね、ほら」

俺に一枚のティッシュを手渡すと、余裕の笑みを浮かべた。奴はこういう権利を承諾するのか、拒否するのか何度話し合ってもはっきりした返事がないのが、最も苦労させられるタイプの作家である。しかも、自分があいまいな言い方をしていることを、寧《むし》ろ楽しんでいるのだ。

「先生、困りますよ。だって来週はマスコミに芝居の制作発表する予定なんですし、もう劇場も押さえてしまってるんです。こないだは承知して下さるようなことをおっしゃっていたじゃないですか」

俺は玄関に戻って最も高価そうなクラブを取ってきて、奴の頭部を殴ってやりたい気になった。

「何か私が不愉快なことでもしたでしょうか？」

「いや別に」

「でしたら素直に承諾して下さい」

「いやぁ困ったな。やはりちょっと考えさせてくれよ。あれ、僕にとって大切な作品なんだ」

奴は芝居臭い困惑の表情を見せる。

やはり承諾を引き延ばして、著作権料を釣り上げようという魂胆だったのか？

結局、商談は決裂した。

だから芝居が始まらないのは当然だった。

俺は怒りを表情に出さぬかわり、拳を強く握りしめた。何も起こらぬ舞台に背を向けたままで。

「最初は承諾するようなことを言ってたじゃないか」

もう少しで独り言が口から出そうになったが、寸前でこらえた。涙が出そうになった。

舞台の上の役者たちは全員、身を持て余している。そして、最初の一幕すら始まっていない状態であったので、まだ出番でない役者たちも、楽屋で互いにお喋りなどをして身を持て余していた。

やれやれ！　俺はすっかり疲れ果ててしまった。大勢の客のいる前で泣いたり、激怒して暴れ出すよりも先に。

「ちょっと悠ちゃん！」

舞台の前に茫然と立ち尽くす俺の名前を、ヘアメイク担当のホモのジョージが背後から呼んだ。

「いったい、どうなっちゃってるのよ！」

「俺、今から原作者の大塚先生のところへ行ってくる」

ジョージをはねのけて、俺は劇場を後にしてタクシーに乗った。最後の力を振り絞って、俺はそうしたのだった。ジョージや客たちは奇妙な儀式の守護者のような気分で、俺の後ろ姿を見つめた。空虚さと希望の入り交じったその視線は、劇場内に舞っていた塵埃《じんあい》によって途切れることなく、俺の背中にあたかも礼拝すべき神の像であるかのようにじっと注がれていた。

それらを無視し、タクシーの中で俺は事態を改善し困難を乗り越えて行くために、ひたすらリラックスしようと念じた。

タクシーの運転手は白髪頭の小男。その非常に質素な身なりのせいで、次にどこかで会っても絶対に思い出せないような地味な存在感をプンプン臭わせた。

「おっ、ここでやってる芝居、私も見たいんですよ。大塚さんのファンですからね」

俺は彼が最初の一言を発した時点で、既に自分の周囲に沈黙の垣根を築いていた。全然、話なんかする気はなかった。そして、タクシーは動き出す気配をまるで感じさせなかった。


その頃、大塚の家は廃墟のように静まりかえっていた。もう誰もいない。奴は出ていってしまったのだ。奴は解体屋に電話をして自分の家を取り壊すように依頼した。そして、書斎で着ていた服を全部脱ぎ捨てると、そのまま外へ飛び出してしまったのだった。

きっと今ごろ、奴は全裸で酒場のカウンターに肘を突いて、独り飲んだり笑ったりしている最中であろう。

一羽の鳩が、全てを見ていた。鳩は奴が文学者の顔を捨て、一連のハレンチで自滅的な行動へと向かう様子をじっと窓から見ていたのだ。そして嫌気がさして飛び立ってしまったのだ。

次に鳩は書店に現れた。

平積みになっている奴の著作コーナーを探し出して、その上に糞を落として書店を出た。鳩は全部の各書店を、そんな調子で廻った。

知っている書店を全部訪問し終えると、すみやかに鳩は住み家に戻った。そこは沢山の他の鳩が住む場所である。所定の位置に着いた途端、鳩は普通の鳩に戻る。もう誰かに悪意を抱いたりしないし、嫌気をさすこともない。人間のような生意気さがなくなった。

その時は不在だったが、鳩の飼い主は高級マンションのペントハウスに住む青年だ。そこそこ金も持っている。
　エサは仲間に食い尽くされており、例の鳩は食べ物を求めて青年の部屋に侵入した。たまたま換気を良くしようと開けっぱなしにしていた窓から入った。彼の部屋に入るのは初めての経験だ。

　青い壁面に展示された大量の写真パネル。どれもおいしそうな食べ物ばかりが写っている。一見、その部屋はスーパーマーケットの店内にも見える。時折、隣りのビルから近所の悪ガキが部屋を覗き、ケーキの写真パネルを見て「うまそうだなぁ」などと言う。

　どの写真も、高級レストランのメニューや食材の広告写真、婦人雑誌の料理ページなどを専門にしているプロのカメラマンが撮影を担当した。そのおかげで誰もが食欲をそそられる写真になっている。
　説明がなければ壁面の写真パネルが、実は絶対に食べてはいけない、おぞましい毒物を撮ったものであるのが見た目では全然判らない。

かつては問題なく食べることができたのに、賞味期限をとっくに過ぎて腐ってしまったもの。最初は食べられたのに何者かが毒物を混入したせいで、食べたら死亡してしまう可能性のあるもの。食べられるものと素人では区別がつかない毒キノコなど。

その中には美しい歯型がついた果物を撮ったものがある。これを食べた人物はその後どうなったか非常に気にかかる。

生々しい食べかけの果物も、優秀なカメラマンの撮影技術と的確な照明によっておいしそうなものに見えてしまう。

こんな歯型ならきっとスーパーモデルか何かの洗練された容姿の人物が食べたものに違いない、と誰もが想像し、我こそはと争って後に続けとばかりに毒入り果物を食べてしまうだろう。

とにかく、例の果物を食べた人物がどうなったか、青年が帰ってこなければ判らない。

残飯置き場

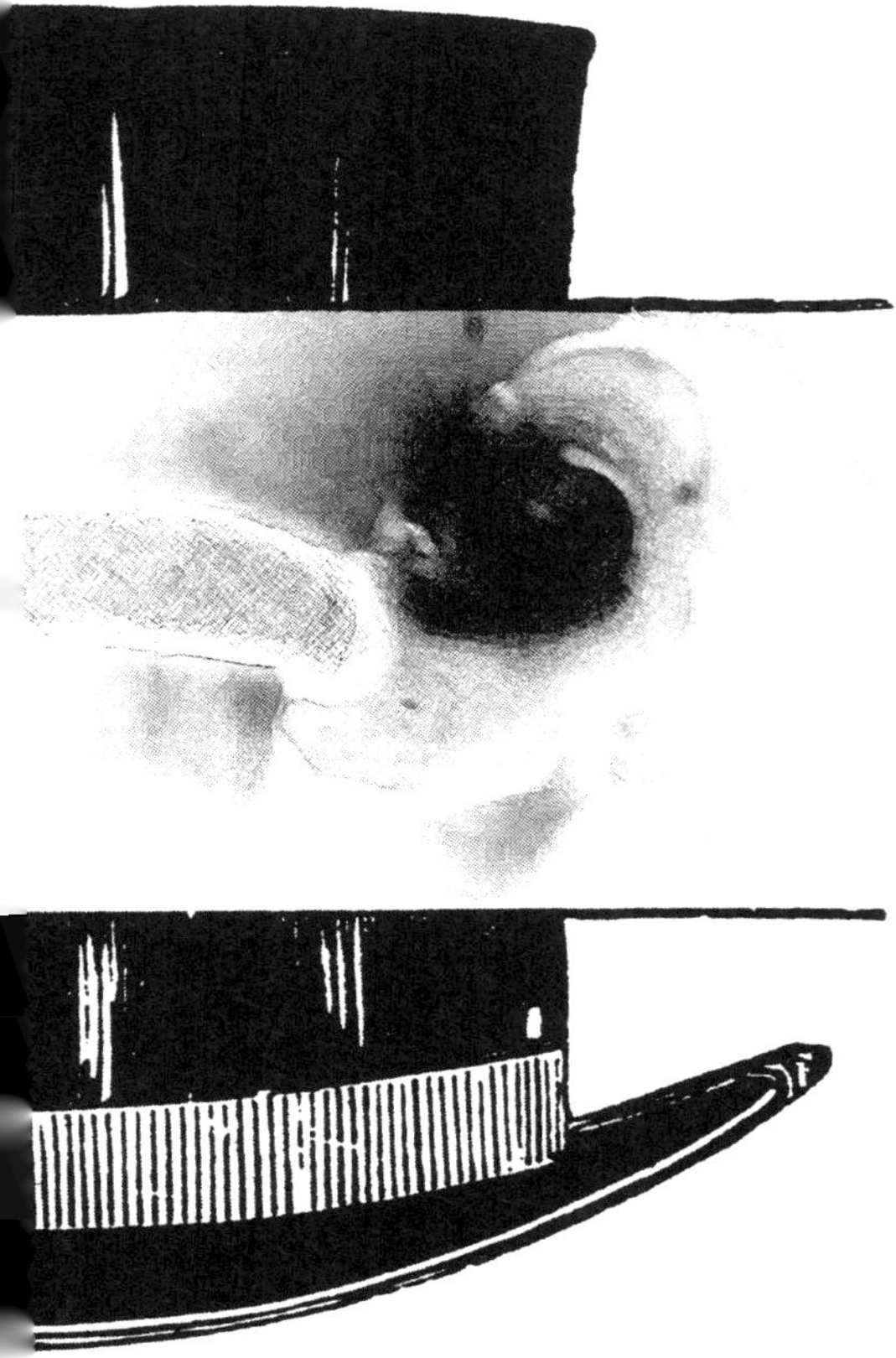

着いた場所がたまたま残飯置き場だった。バケツに盛られた残飯を、じっと見つめる。

とてもじゃないが、これを食うわけにはいかない。

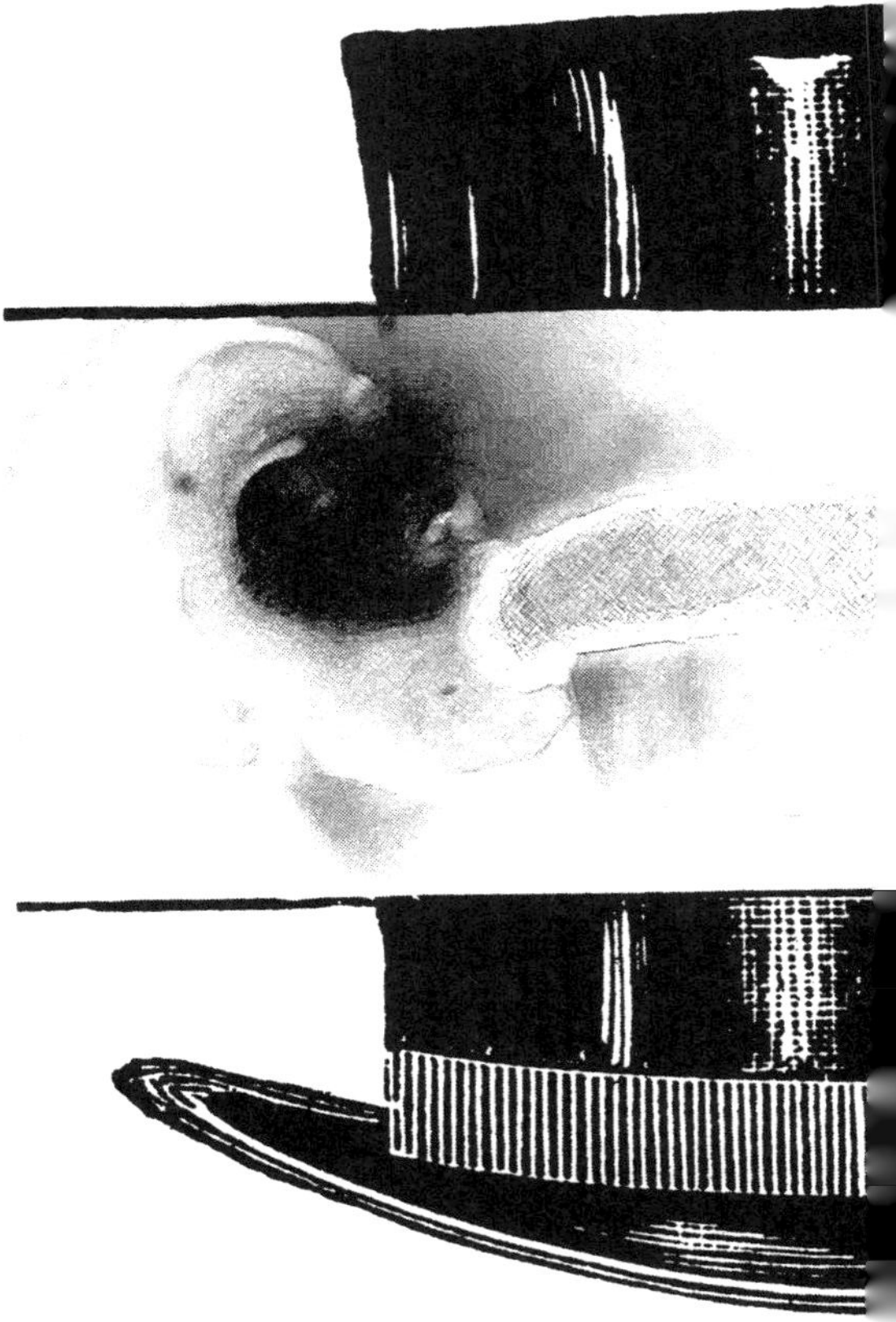

ロック演奏会

「もうテレビを消せ。子供番組の時間はもう終いだ」

突然現れた男が乱暴にテレビのスイッチを消す。それまでテレビのブラウン管の上にあった可愛い小リスやらもろもろの何もかもが、残像と共に闇の遥か彼方へと吹き飛んだ。ただ画面の映像が消えただけでなく、どうやらテレビ自体が壊れたようだ。そんな暴力的な扱いだった。

「壊さなくたっていいじゃないか！」

「だって余りにも近くで見てたから。目に悪いし」

「子供じゃないんだから、好きにするさ」

「どうせ小リスとかが出てくる、子供に人気のあるような番組見てたんだろ。所詮、お前は子供だよ」

「ちがうよ！　ドキュメンタリーだよ、小動物とかの、やたらと真面目なヤツ」

互いに相手と目を合わさずに、髪の毛を指に巻き付けたりして対話する。目の奥に映った自分の顔を見なくて済むので、かえって都合がいいのだ。

「でも小リスが人間の声で陰険に喋ってたのがさっき聞こえたぞ。やっぱりガキ向けじゃねぇか」

「それは冷淡な感じのナレーターの声だよ。小リスでさえも生き難い世の中だからね……本当に」

もう一度試しにテレビのスイッチを入れると、驚いたことに再び小リスの映像が画面に現れた。壊れてはいなかった。

「だからもう見るなって言ってんだよ！」

「止めてよ、もう！」

その時に画面に映っていたのは、森の木の枝に数台の中古テレビが置かれており、ブラウン管から怪光線が発射されて小リスが焼き殺されている特撮シーンだった。

一九七三年に起こった中東の戦火は、石油ショックという形で我が家の経済を襲った。その時はまだ事態は深刻ではなかったが、確実にそれが引き金となって八年後に持ち家を手放すことになったのだった。

父が友人の運送屋から借りたトラックを運転して荷物を運ぶことになり、夜中に近所の人々の気付かぬうちにひっそりと引っ越しをした。まるで夜逃げをするように渋谷区神宮前のマンションを後にし、こそこそと親子四人（僕には四つ上の姉がいる）でトラックに乗って京都へ向かった。夜道を走りながら、「これから一体どうしたら……」と母は何度もしつこく呟いていたのを憶えている。その時に「何もかも石油ショックが悪いんだ」ということの貧困の原因について知らされた。

晩秋の京都は紅葉という言葉を思い出すよりも先に、辛く厳しい気温が思考を停止させる。この土地に住む人々は秋という季節の優雅さを知らぬまま一生を終える。少なくとも僕が移り住んだ×××（現在住んでいらっしゃる方に配慮して、名は伏せます）という場所は洒落たブティックなど一軒もない陰険極まりない、そんな町なのだ。

早朝、誰もいない町の中を走る我が家のトラックの窓から、冷たい風と一緒に朽ちた木の葉が大量に入ってきた。気のせいだろうが、腐臭のような臭いもしてくる。とりあえず僕は、寒さから身を守るべく座席から手の届く荷物からコートを取ろうとしたが、どこに仕舞ったのかが判らない。いつの間にかトラックは僕たち一家がこれから住む古い木造のあばら家の前に停まった。辺りは荒涼とした雑木林で、生命の気配は弱々しくしか感じられない。そして、一時間も前から僕を苦しめたあの腐臭は、この近所の沼地から来ていたのがすぐに判った。

わが家の前に広がった汚れた水溜りに、家族全員の憂愁をおびた暗い表情が浮かび上がる。

それが余りにも抽象画のような顔つきであったので恐る恐る凝視してみれば、単に枯れた樹木がボンヤリと水面に映っていただけに過ぎなかった。だからといって真実が陰鬱を消し去ってくれるわけではない。

家の中も寒かった。酷寒と悪臭はどうすることもできない本当の苦しみだ。病的な妄想ならば、目を閉じて何か楽しいもの（洒落たブティックなどで売られているようなファンシーなキーホルダーなど）のことを考えれば簡単に消えてくれる。感覚を直接攻撃するようなものには効果がない。

家に着くなり僕らにはやらなくてはならぬ仕事が山程あった。家の中の小さな製材所に散らばったおが屑を片づけるのだ。その日の晩飯はおかゆだったから、小さな桶に集められたおが屑を一粒も無駄にせずにふりかけて食べた。空腹はまるで解消されず、食後の休憩もなくすぐに重い材木を持ち上げなければならなかった。だから×××という土地の記憶を四つの単語に要約すれば、空腹と悪臭と酷寒と重労働ということになる。

その頃、電気が止められてすっかり真っ暗な神宮前のマンションの中で、二人の男がタバコに火をほぼ同時につけた。それぞれが別々にライターを持っていたが、どちらも貧乏臭い百円ライターだったので両者とも恥ずかしそうに急いでポケットに収めた。

彼らがいる部屋は特にひどく陰鬱な広い部屋だったので、二人のうちの一人である洋治がゆっくりと隣りの部屋へ移動した。そこには一本だけロウソクがあったので、洋治は鏡の前に立ってみた。今日も黒いタンクトップにジーンズ。たまにはもっと自分が納得いく格好をしてもいいが、街で売ってる服はどれも高いから……。

窓から高級ブティックが見える。洋治は手の甲で鼻をぬぐいながら、店が放つ鮮やかな彩りを物欲しそうに眺める。そして悲しそうな顔をして、首を振った。隣りの部屋にいるもう一人の男が洋治に話しかけてきた。洋治とはもう三時間くらい話をしていないから。

「何を考えこんでるんだよ」

洋治は肩をすくめた。

「別に何も。すべて順調だよ」

洋治は奴に正直な心境を話す気に全然なれなかった。

「俺の彼女、どう思う？　可愛いだろ」

今度は洋治がもう一人の男に尋ねた。しかし、返答はない。ポケットから彼女の写真を取り出して隣りの部屋に行ってみたが、誰もそこにいなかった。恐らく洋治に黙ってトイレにでも行ったのだろう。そのスキを見て彼女に電話してみる。

「俺だけど」

　クール過ぎた態度は相変わらずだ。

「ああ洋治なの？　いま少し具合悪くして横になって寝ようと思ったところなのよ」

「それじゃ、そっちへ行って下半身むき出しの裸でお伽話の本でも読んでやろうか」

　よくこんなエロティックでキザな台詞が真顔で言えるものだ、と洋治は自分で感心した。電話は一方的に切れた。

　翌日の昼、洋治は近所の高級ブティックのショーウィンドウを物欲しそうに眺めていた。昨日の夜と同じタンクトップにジーンズという格好で、店内に入らないまま一時間ぐらいそこに立ちつくしていた。やがて気が付くと彼の隣りには小柄なフィリピン人男性がいた。彼は全盲らしく、キョロキョロと辺りを見廻しているだけで何も話しかけてはこなかった。

誰も案内してくれないから、右へ行っていいのか、左に行っていいのか全然判らない。教えてくれる知り合いもいない。

やがて彼はショーウィンドウから離れると、数歩進んで洋治の目の前で転んだ。その時、洋治は自分が足元のフィリピン人を見ようとしたついでに、履いているウエスタンブーツを見た。こいつは結構高価なブーツなのだ。

気どったブーツを履いている自分を意識し始めた洋治は、以前よりリズミカルに歩くようになった。ブーツのおかげで自分もまんざら格好悪いものじゃないと思った。

暫くして洋治は既にフォーマルなイタリア製のスーツを何着も持っていて、コーディネイトするのに三時間以上かかっていた。着ていくものを決めるのに、もう十二回は着替えをしただろうか。

ドアも含め、壁が全部鏡になっているミラールームは、彼の神宮前のマンションの中で最もお気に入りの空間。勿論、壁の隠し扉を開くとそこはクローゼット。まだそんなに多くの服はないが、中には大変高価な外国製のものが目立って幾つかあり、洋治のライフスタイルの中でファッションがいかに重要なのかがうかがえよう。

結局、スーツはやめて割と地味めの普段着に落ち着いた。十三回目の着替えでようやく決定したのだ。

友人たちとの約束の時間はとっくに過ぎていたので、外出は中止。だから、今日は大人しく居間のソファで横になってくつろぐ。

これが洋治流のんびり人づきあい術だ。

「おい、何で今日の練習に来ないんだよ」

友人の徹也からの電話をソファの上で、リラックスしながら取った。

「そろそろかかって来る頃だと思ったよ！　例の曲、皆でちゃんと完成させた？」

先日、洋治は徹也やその仲間たちとロック・グループを結成し、しょっちゅう集まってはワイワイと楽しくやっていた。バンド名はザ・シャークに決定し、全員のモチベーションは上がったが、曲作りの段階で問題が生じた。

徹也たちの精神的に未成熟な部分が、次第に醜く露呈し始めたのだ。音楽を演るにあたっての技術の拙さは習練で何とかなるだろうが、彼らの頭の中身は根本的にどうにもならない。まだ始まったばかりのバンド活動なのに、もう洋治の中では暗礁に乗り上げてしまっていた。

だから、彼らとのコミュニケーションに悩んだ挙げ句に、距離をとって接してみることが最も良い策だと考えたのだが……。

「せっかくバンドのロゴ入りワッペンが出来て皆で盛り上がってるところなのに、何故お前はリハに来ないんだよ、おい！」

洋治は深く溜め息をついた。

「あんなのがリハか？　曲作りと称した、ただのバカ騒ぎじゃないか。俺は暇じゃないんだぜ！」

突然に語気を荒らげたと同時に、洋治は衝動的にソファから身を急に起こして、キチンと座った。本当は暇でだらしなく過ごしているのを誰かに見られているような気がしたからだ。

「いいじゃないか、楽しければ。ロックが何だ。天気のいい日なんかに全員で公園とかで散歩した方が余程楽しいかも」

徹也のロックに対するそんな不真面目な姿勢は、洋治にしてみれば大変に腹立たしかったに違いない。

「じゃあ代わりに散歩でもすればいいさ」

「判ったよ、それじゃ切るぞ」

電話は乱暴に切れた。

こんな時、自分を孤独な人間にしてみるのが一番いい。だいたい長髪で革ジャンの男たちと一緒に公園へ行っても、ゲイではないので楽しい筈がない。

独りでコンサートでクラシックの名曲を聞きに行ったり、美術館で名画と呼ばれるものを見たりして自分と対話する。それに飽きたら、またいつか人の輪に何事もなかったかのように戻っていけばよいのだ。そうすれば皆が再び笑顔で自分を迎えてくれる筈だ。

洋治は安心してソファに横になった。

だが、気に懸かる何かが彼のリラックスの邪魔をする。暫くして原因が判った。洋治が作詞作曲した『ジョニーのために……』のアカペラをバンドのリハ用に吹き込んだデモテープが徹也たちの手に渡ったままだったのだ。しかし、何ひとつ楽器が出来やしない連中にとって、この曲を自分たちの手柄にしてしまうのは絶対に不可能だ。

とりあえず、心配事はなくなったので洋治はまたソファの上でだらけた。


「あいつ、やっぱり俺たちのことバカにしてたんだぜ」

徹也は公衆電話から帰ってくると、リハーサル用スタジオにいる他のメンバーに洋治のことを報告した。

ドラムス担当の通称ノブはドラマーの椅子に座ったままで、缶ビール片手にポルノ雑誌を読んでいた。彼の所有する二本のスティックはこの日、何回かリズム感に乏しいドラムを叩いた時に、スタジオの何処かへスッ飛んでいったままだ。幼い頃から彼が一度物をなくしたら最後、絶対に出てくることはない。探せば探す程にイライラして、全然関係ない家具などを衝動的に壊してしまい、その場所が散らかって余計に頭が混乱するのだった。

そんな時はマスターベーションで射精をしない限り気が落ち着くことはない。人前で射精をするのはやはり抵抗があるので、ある時期からノブは決してなくしものを探さなくなった。

「あいつだってボーカルだけで、何も楽器出来ないくせによ。クソ、頭に来るぜ！」

ノブはポルノ雑誌を投げ捨てて、缶ビールをグッと飲み干した。

「それでも作曲が出来るからいいよな」

ベースの田辺がスタジオの壁に当てたボールを何度も器用にキャッチしながら言った。

「しかも、アカペラで。俺、ギター練習するの嫌になっちゃったよ。おい、もう一度テープを聴いてみようぜ」

ドラム・セットの近くにあるミキサーの下のテープ・デッキの再生ボタンをノブが押すと、曲がリズム・ボックスの単調なチャカポコした音と共に〝ズズズズズズ〟といかにもエッジが効いたハードなギター・リフを模した洋治のアカペラで始まった。しかも、それがかなりのバカでかい音量で。

徹也以外の二人は、彼が外で電話を掛けている間も繰り返し『ジョニーのために……』を聴いて、格好いい曲だなぁと言い合っていたが、また聴けるのかと思うと興奮が蘇って来るのを隠せずに顔が赤くなった。

「畜生、あいつは成功を独り占めしようとしているんだな。でも、テープがあればこっちのものだぜ」

勝ち誇ったように徹也が言ったのを、田辺が遮った。

「いや、アカペラだけでバンドのダイナミックな判り易い演奏が入ってなければ、誰も相手にしないいんじゃないかな?」

「うーん、きっとこのテープをハリウッドのルーカスかスピルバーグのサウンド・スタジオに持っていけば、多分もっと格好いい音に生まれ変わると思うよ。連中は凄いの持ってそうだからね」

ノブの意見は完全に無視された。洋治のアカペラのリフが、やがて攻撃的なボーカルのパートに変わったからだ。部分的にエコーがかかり過ぎて多少、不明瞭なサウンドであったが、それでも全てを聞き取ろうと彼らは曲に神経を集中した。

しかし、暫く何度も聞き入っているうちに当初格好良く聞こえていた曲が、段々と実は滑稽で虚しいものに過ぎないように、ほぼ三人同時に感じた。が、それぞれが腑に落ちぬ表情をするのが精一杯で、お互いが同じ感情を共有しているという意識は特になく、気がついた時には各自のポジション（ノブはドラマーの席でポルノ雑誌を読み、田辺はボール遊びに興じ、徹也は適当にその辺でつっ立ってる）に戻って好き勝手やってるという有り様だった。

曲は何回目かの終わりを迎えたが、もう誰もリピートして聞こうとはしない。

確かに独りになった彼らの内面で、それぞれに不愉快な悲しさが込み上げてきた。

だが、今の自分たちを救ってくれるのは、この『ジョニーのために……』しかないという事実も何となく理解していた。

更に、どうにかしなければという彼らの焦りが、スタジオ内に蔓延した息苦しいムードを悪化させ始めた。もし、『ジョニーのために……』が以前のように聞こえるのなら、きっと危険なロボトミー手術であっても、それで精神的に楽になるのであれば喜んで受けたことだろう。

ようやく現状を打破すべく、徹也は何やらギター・アンプに配線し始めた。他の二人はまるで興味なさそうだった。

しかし、ギター・アンプから凄まじい轟音が飛び出した途端、数分前の興奮が蘇った。

まさに本物の爆音。今、自分が存在している場所がどこなのか判らなくなる程に。

「おお、いい感じが戻って来たじゃない」

ノブが正確に何と言ったのか聞き取れなかったが、彼の興味が漸く《ようや》女の乳房や局部から『ジョニーのために……』に帰ってきたのは間違いない。より荒々しくなったアカペラのギター・リフが、本物のギターで弾いたかのように聞こえはじめた。と、同時に突然、ノブが自分だけの世界に入り込んで、空想上のリズム・ギターをアカペラに合わせて弾くまねをした。

「いいね、いいね」

徹也も相当にエキサイトしていて、それはアカペラのギター・ソロで頂点に達した。そこで彼はテープ・デッキとギター・アンプの間に接続されたワウ・ワウ・ペダルを踏み込んだ。歪みきった洋治の〝ギューン、ギュギュギュ〟というフィードバック・ノイズを模したアカペラがワウのエフェクトでより異様な迫力で耳をつんざく。その頃には楽器の弾けぬ筈の三人が完全にギターが弾けるつもりになった。ただし、この充実した時間の後では、恐ろしいくらいの喪失感が待っていた。

しかし、その寸前に残虐極まりない凶暴な死が突然訪れ、彼らを摘み取った。

天真爛漫な女性

人柄の良さが、常日頃から周囲で評判になっている女性を、工事現場のブルドーザーがひき殺した。

運転手は彼女の素晴らしい内面について、何も知らなかった。

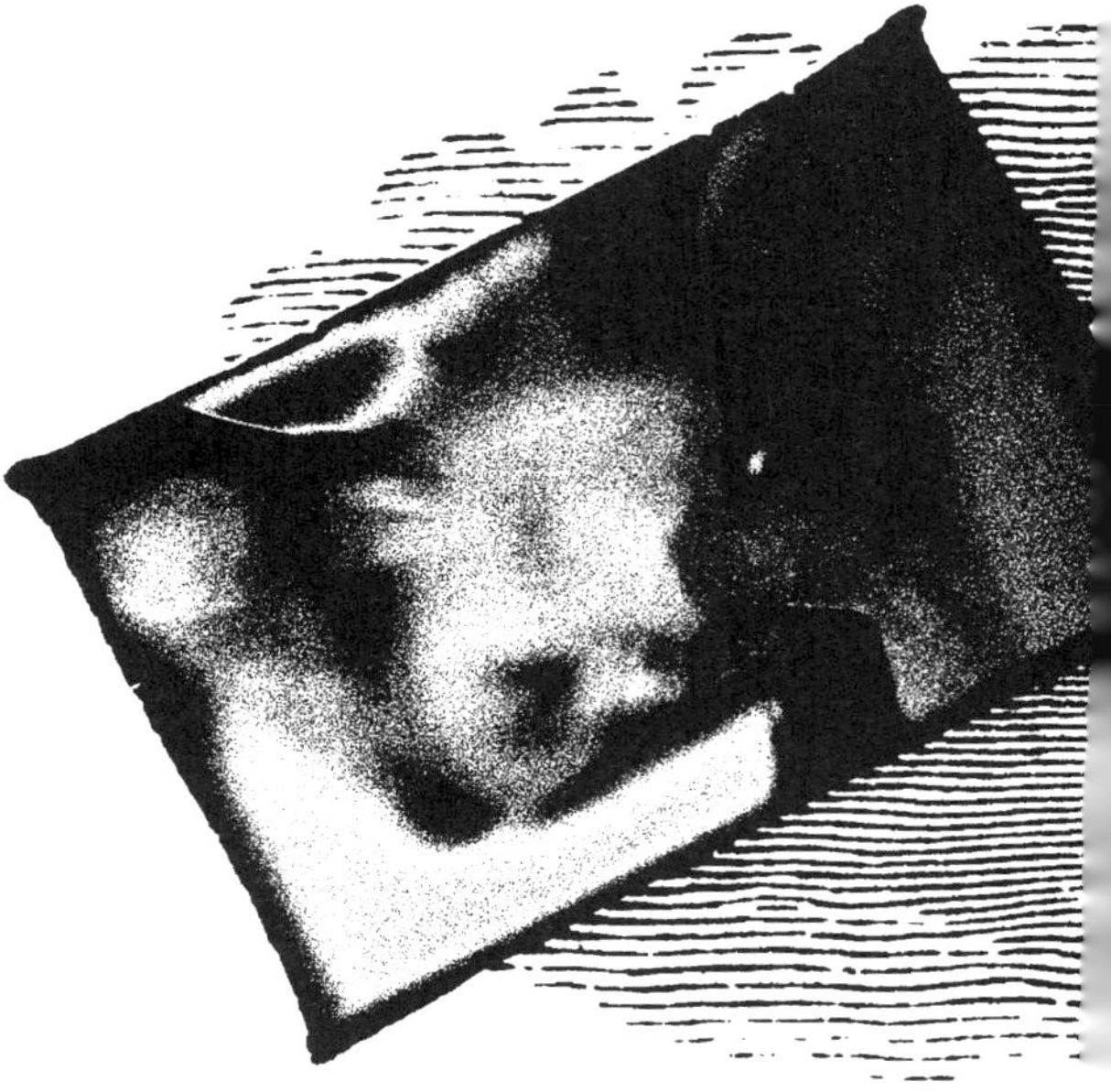

音楽は目に見えない

まばゆいばかりの陽光が、窓の格子の歪んだシルエットを靖夫の顔面に投げかけている。彼が眩しさに耐えながら外を眺めると、婦人服を専門に扱う店が見えた。その店先に規則正しく円柱が置かれた歩道に沿って、歩行者たちが黙々と行き交っていた。近くの競技場では国際的な陸上競技大会が開催されており、休日にしては割と人通りはあったものの、誰一人として店に立ち寄る様子はない。華やかな催事は見たくても、とりあえず必要のない婦人服には用事がないので誰も目もくれないというわけだ。彼らにはそんな余裕さえないのだろう。

同じアングルで窓の外の通りを怪訝な表情で見続け始めて五分くらい経過しただろうか、単調な通行人たちの行き来の中から自動車整備工らしき作業服を着た若い男が飛び出し、店の近くの電話ボックスへ入った。作業着の胸には、いろいろな自動車部品メーカーのロゴのワッペンが縫い付けられている。両手をポケットに突っ込み、ニタニタと笑みを浮かべていた。足取りも軽く、余程心の中では軽快な調子の音楽が鳴っているのだろう。どんな音楽なのか、靖夫もぜひ聞いてみたいと思った。時間的にみて今、男は恐らく昼飯の休憩時間中なのだろうと推測できた。そんな時には誰の心の中でも、軽快な音楽が聞けるはずだ。

特に男の行動に不審なものが感じられるというわけでもなく、こうやって長い時間をかけて観察していても週刊誌などによく掲載されている実録犯罪記事の刑事や捜査官たちが容疑者に突然出くわした際などにいうような「何か変だぞ」という胸騒ぎみたいな特別なものはまるで感じられなかった。

三十分ほどして二人の太めの中年女性が店から現れて、すぐにタクシーに乗り込んだ。買い物はしていないのか、両者共に手提げ鞄以外何も手にしていなかったのである。

別に靖夫は婦人服店や電話ボックスの利用者を監視するためにここにいるのではない。だからしばらくすると、もう完全に窓の外を見ることに飽きた。何か他に興味を持たせてくれるものが現れるまで完全に彼の思考は停止する他にやることがなくなった。退屈だからといってむやみにむかっ腹を立てるわけにはいかないであろうし……。気がつけば、靖夫のポケットの中で、無意識に左手が握り拳を作っていたので慌てて取り出し、自分の顔の前でパッと開いてみせた。手の中は汗でぐっしょりだった。

唯一の所持品である週刊誌の表紙に手の脂を擦りつける。ついでにこの週刊誌の購入のきっかけになったある地方都市における麻薬中毒者増加の実態を追った記事を読むことにした。犯罪関係のルポルタージュを書かせたら実力ナンバー1記者による、そのページを最後の楽しみに取ってあったのであるが、それもついに読まねばならぬほどに靖夫は退屈を極めていたのである。

しかし、結局はそこに辿り着く前に、別のページに釘付けとなってしまった。

「俺にはできないよ。あいつにはガッツがあるね！」

両手両足のない男がスポーツ記者として、文字通り体当たりの取材などをする。その人物を紹介した記事を読みながら思わず溜め息をついた後、他の注目すべき記事はないかと目次に戻るためにページを逆に捲る。

靖夫の痩せた頬に汗が走る。それが彼の顎を伝って、応接室に置かれたテーブルの上のコーヒーカップの中に落ちた。彼自身はそんな小さな出来事には気付かず、無意識に頭髪を掻きむしっていた。すでに週刊誌には飽き、床に無造作に落とした後だった。手が汗だらけになって、胸がむかつく思いがした。忌わしい胃潰瘍がいまにも再発するのではないかと。

カップの側面にはアラブかどこかの油田のイラストがカラーでプリントされていた。だからといって容器の中身は石油ではなかった。汗は小さな飛沫をたてて、黒い液体で満たされたほの暗いコーヒーカップの底に吸い込まれた。

地表から石油を吐き出す油田ポンプの断面が描かれたパネルが目に入った。それは電動で常にポンプ内を石油が流れる様子を液晶で模していると同時に、壁掛け時計も兼ねていた。二時五十四分だった。

安いインスタントコーヒーの味は、本物のコーヒーからは程遠く、そのイラストのせいで重油の味を連想させた。無論、そんなものの味なんて実際には知らないが。

以前テレビで放映されていたインスタントコーヒーのCMに登場するような、ゆとりある著名人の深いリラックス状態の恍惚の表情を無理に想像した。

「いま、自分は彼らと同じように高価そうなソファに深々と腰掛けているじゃないか」

部屋の中は静かだ。

しかし、硬いスプリングが尾骶骨《びていこつ》とぶつかり合う際の不自然な座り心地とギシギシという音が、いつの間にかあたかも身体中に電極を仕込まれたかのような不愉快な気分にさせ始めた。そう感じた途端、自分が人間に重油を強制的に飲ませる人体実験に参加させられているという風景が思い浮かんだ。

「それにしても、ここはサウナのようだ。こんなに蒸し暑いというのに、熱いコーヒーを飲めというのか」

彼は無意識のうちに怒りをあらわにした。ただ単に室内の温度が高いだけではない。この部屋は、空気が重苦しく淀んでいる。正確にはサウナのようだという表現は正しくない。水分を含んだ生温い空気が、やたらと不快に肌にまとわりついてくる。人間でなく、植物にとっては快適な空間といえるかもしれない。部屋の中の観葉植物たちに対する配慮によって意図的に実施されたのかは判らないが、少なくとも今日が休日だからという理由で空調設備が作動していないわけではない。管理者の怠慢なのであろう。そもそも観葉植物の姿はどこにも見られない……リスやイタチの剝製ならば、そこに何百年も前から存在していたかのような威厳を持って鏡台を兼ねたダッシュボードの上に鎮座していたが……それですら綿菓子のような蜘蛛の巣に包まれ、小動物たちの成長の止まった実際の年齢よりも老いたものに感じさせた。

また一層、肌がじっとりと汗ばんできた。

せめて視覚だけでも何か凛とした涼しさを与えてくれるようなものがないか、と靖夫は必死に部屋中を見渡した。涼しさを連想させてくれるのならば最早壊れて動かない扇風機でも構わないから目の前に出現してくれ、とでも言い出すかのような激しい欲求に突き動かされているのが誰の目にも明らかだった。

「暑さという呪縛から俺を解放してくれ」

最早、彼の悲痛な咆哮と涼しさを貪欲に求めるギラギラと輝いた眼球の鋭い光りは野獣のそれと、全く同じだった。

やがて彼は目の前の壁の不自然な位置に、小さな窓を発見した。冷静になって見てみれば、それは単に壁に掛けられた古い油絵だった。激しく変色したまま粗末に飾られている様子から察するに、十数年以上いや何十年もの間、一時たりともまるで顧みられることがなかったのだろうと予想される。もう何が描かれた絵なのか判らない。当初は鮮やかな配色がこの応接室を訪れた人々を魅了したに違いない……夏ならば猛暑を忘れさせ、冬ならば寒波を忘れさせ、一瞬だけでも鑑賞した人々にささやかな幸せを提供してくれたのだろう。それがいまでは汚泥の上に浮いた大量の瘡蓋《かさぶた》としか呼びようのないものにしか見えなくなってしまった。確かに努力すれば微笑む中年女性が描かれているように、微かに思える。もし、靖夫の見解が正しく、これが人の良さそうな中年女性を明るい配色で描いたものならば、底抜けに陽気なはずの絵がこうして誰にも顧みられることなく陰気に朽ち果てているのを見るのが辛い。いくら何でもこの厳しい湿度のせいで昨日今日に変色したのではあるまい。長い年月を経て色褪せたのだ。絶対に心ない人間の手によって残酷に放置されていたのだ。その無神経な配慮のなさは絵そのもののみに留まらず、絵の周囲を彩る額にも向けられていた。その証拠に金色の塗料がボロボロに剝がれているではないか。

「絵の作者は、健在なのだろうか？　この応接室での絵の現状の扱いを知ったら、どう感じるのだろうか？」

そう呟いた途端、部屋に安田がやってきた。ひどい顔色だった。彼は靖夫の問いに答えるために現れたのではない。緑色の縁どりのついた茶色のジャケットという装いを身に纏《まと》い、ドアから少しだけ顔を出して、三日間剃らぬままの無精髭をいじりながら無言のまま靖夫を凝視した。冷たい高慢な視線だった。

いかにもその部屋には一歩たりとも入る気はなく、ここまで来て俺の話を聞きに来るまでお前を見つめ続けるぞ、という強い意志が感じられた。

安田の存在に気が付くと、靖夫はそさくさと部屋を黙って出て行った。あたかも見えない家畜追い用の棒を安田が振っているかのように、方向転換を余儀なくされたのだ。いや、じっさいにはそんな棒はなかった。あくまでも靖夫自身が選んだ行動だ。安田の横を無言で通り過ぎ後ろを見ずに大股で歩きながら、聖書でかつて読んだ物語が彼の頭を過《よぎ》った。この惨めな気分はソドムとゴモラをあとにするロトの心情に似てはいないだろうか？　いや、それは正しくないかもしれない。

何故そんな気持ちにさせられたのか？　恐らく先日、安田が初のアメリカ旅行から帰って来た際に見せられた写真の一枚一枚が、鮮明な記憶として靖夫の頭にインプットされているからだろう。ロサンゼルスの夜の街頭を、レンタカーの座席から撮影した写真。細かく分けると二種類ある。「ホット・セックス」「黒帯オーラル道場」などの風俗店の看板を物珍しそうに撮ったもの。そして歩道にたたずむ売春婦たちの様子をコソコソと望遠で捉えたもの。中にはただの薄汚い食料品店にしか見えないものもあったが、とにかく全体的にピントが甘く、細部が何も判らない写真が多かった。

「あと他にもサンディエゴの成人向け本屋やマッサージ・パーラーやピープショ

ーの店なんかの店先を撮影したものが沢山あるぞ。これ見てると、何だか身体がポッポしてこないか?」

写真をさも自慢げに見せながら安田が笑みを浮かべて話しかけてきたのだが、靖夫は何も言うことがなかったので無言で写真を力なく手放し、地面に散らばらせたのだった。無論安田に対する軽蔑の気持ちが、靖夫を虚脱させたのだった。次の瞬間、「やんなっちゃうなあ、もう」などと呟きながら安田は彼の足元で慌てて写真を拾い集めていた。

最早、サウナみたいに不愉快な気分になる忌々しい部屋だなんて自分勝手な文句を、悶々と心の中で陰口叩く奴はいなくなってしまったのだ。

〝後ろを振り向くな。お前の背後にはもう誰もいない……〟

独り言は止めた。安田の視線を背中に感じながら廊下を歩く靖夫はけわしい顔つきをしながら、心の中だけでそっと呟いた。

彼が次に入った部屋もまた応接室。先程まで居た部屋も同じくドアに『応接室』と書いてあったわけではないが同じ用途の、別の部屋だ。恐らくここも応接室と呼ばれて然るべきものだ。同じソファに、同じ応接机。同じ色褪せた模様の壁紙。しかし、剝製はなかった。代わりに台湾製の大きな籐細工の電灯が直接床置きされていた。靖夫は剝製が嫌いで、最近少々エスニック趣味のインテリアに興味を持ちつつある最中であったので籐細工にはほんの少しだけ安心した。木目調の古いソニーのカラーテレビも、そこにあった。試しにスイッチをつけてみるとちゃんとブラウン管の奥から色の付いた画像が現れた。しばらく画面に見入っていたが、霧の深い山々と画面外から聞こえる複数の坊主による読経が延々と続くだけで、何の変化も当分起こらないのが予想されたので飽きた。確かにその音色は尊いものであったが、退屈であるのに変わりはない。テレビのチャンネルを変えず、迷いもなくすぐにスイッチを消してしまった。壁に掛けられた絵は恐らく同じ画家によるものなのは明白であろうが、最初の部屋にあったのとは違うモチーフが描かれている。比較的変色も激しくない。地味な机の上に置かれた陶器の花瓶だと、すぐに判った。だが、しかし鑑賞していて段々と我がことのように恥ずかしくなり絵の前から逃げ出したくなった。変色による不明瞭でミステリアスだったベールが剥がされ、ようやく闇から明るい部屋へと運ばれた途端、現実に引き戻されたのだ。

その壁に飾ってあったのは凡百の素人画家、うだつのあがらない日曜画家のつまらない絵に過ぎなかった。わざわざ切り取られて額の中に納まる価値のない静物を、御苦労なことに精一杯の貧弱な技巧を使って描いている。

無理に好意的に解釈するならば、ただ純粋に花瓶の絵を描きたかったのだという控えめな姿勢だけが評価できる……本来ならば絵画の才能のない人物が苦心して取り組んでいるのだ、誰かに認められることを全く期待せずに……。靖夫が好んでよく見るドキュメンタリー番組でかつて放送された、健常者に混じって働く身体障害者の記録映画を見たときと同じような清々しさを感じさせてくれたのだ。その時の放送は業界的にも評価が余程高かったらしく、日本放送連盟か何かの賞を得たそうである。靖夫はビールを飲みながら寝転んでその番組を見ていたのを思い出す。

やがて絵の中の花瓶と同じものが、現実に目の前の地味な机にも置かれているのに靖夫は気づいた。絵は恐らくここで描かれたのだろう。絵は当初からこの部屋に飾られるのを想定されており、画家自らわざわざ現地に赴いて描いたのだ。しかし、絵の中とは違い、現前する花瓶は空だった。花はなかった。水も一滴すらない。暫く長い間、花が飾られた形跡は感じられない。まるで綺麗に洗われていない。敬意が払われた様子もない。単なる安物の花瓶なのだ、という管理者の蔑視の態度がちらつく。それどころか、幾度となく乱暴に扱われ地面に落とされたらしく、一ヶ所だけ角が欠けていた。

　急に自分も油絵を描いてみたい、と靖夫は思った。絵筆を握った途端にルノワールのような美しい絵が描けるという自信があったわけではない。無神経に下手な絵をさらして自己満足に浸る、この部屋に飾られた絵の作者に、まさか憧れたわけでもない。形や色、陰影を正確に模写するのは、思いやるだけでも気が遠くなる。とてもじゃないが、そのような技術も忍耐力も靖夫にはない。しかし、油絵具という練物をキャンバスの上で捏《こ》ねる際に感じられる手ごたえに一種の憧れのようなものを感じていた。そして絵に接近しないと見ることのできない乾ききった表面のゴツゴツした質感も好きだ。鉛筆などで描く場合と違い、粘土でフォルムを造り上げていく感覚に近いのだろうと、想像しただけで身震いが起きた。次に自分が絵を描く様を思い浮かべる。純白のキャンバスを暫く無言で睨み、丁度良い頃合になると力強く刀で斬り付けるように、絵具を擦り付けて汚すのだ。力いっぱいに筆を叩き付けたばっかりに、力剰《あま》ってイーゼルと共にキャンバスが地面に倒れてしまうことがあるかもしれないが、よほどの事情がない限り再び元の状態には戻さない。例えば誰かが不意にそのアトリエを訪れるとかでない限り……。地面に不自然に置かれたキャンバスに陵辱に次ぐ陵辱を加えるのである。それはあたかも押し倒した女性にこれでもかと性の制裁を妥協なく与えるかのような気分なのだろう。最早、絵が完成することなど興味の範疇外だ。突起したものを柔らかい壁に押し付ける感触と、キャンバスを濡らすピチャピチャという厭らしい筆の音だけが、靖夫の欲望を突き動かすのだ。この応接室の素人画家も、技術や美的なセンスを人々に認められた、或いは認められたいというのではなく単にこうした秘められた性的な儀式に喜びを見出したからなのだろう。

応接室の壁掛け時計の文字盤が、ちょうど三時を指した。

靖夫は花瓶を持ったまま、安田のいる地下の管理室を訪ねた。地味な蛍光灯の下で、デコレーションケーキをパクついてるところだった。そして二番目の応接室で見た山と読経でのみ構成されたミニマル番組が、安田の目の前の机に置かれた紙皿の近くの卓上小型テレビのブラウン管にも映し出されていた。

「絵のことで訊きたいことがあるんだけど」

会釈しながら会話を切り出した靖夫の方を安田はすぐに見たが、椅子に深々と座ったままケーキを口に頬張って特に何も言わなかった。

しばらく沈黙が続いたあと、ケーキの断片を一旦紙皿の上に置いてから話し始めた。

「応接室の絵のことか？　あんた、ああいう退屈な絵なんか好きなのか？　趣味悪いね」

「いや、別に」

「あれはな、結構前にここの管理室長だった村沢ってオッサンが一時、趣味で描いてたやつなんだ。全く絵画の教育なんて受けなかった素養のない人間が、突然何かに取り憑かれたかのように精力的に描き始めたんで、その時は皆驚いたね。芸術とは発作的な行動であるのが最も純粋で自然な形であるという証明だよ。どう見たって、それまで絵なんて全く描いたことなかったようなオッサンが、急に似合わないベレー帽なんて冠っちゃってさ。ありゃ最初見た時は滑稽だったけどね。で、しばらくすると画家っぽい格好がそれなりに見栄えがしてきたんじゃないか、と周りの人間も思い始めた矢先、ある日から一切描かなくなった。描き始めてからは必ず二日に一枚のペースで絵を完成させてたのが、また突然止めちまったんだから本当、心配したよ。と同時にあまりにも仕事の方を疎《おろそ》かにして絵に没頭していたんで、ここの管理室長の職も追いやられて格下げになった。そしたら案の定、程なくして亡くなっちまった……実は自殺なんだよ、死因は。芸術家の苦悩っていうのかね、あれは……。いや、もしこの国が〝正しく〟啓蒙された立派な社会であったのならば、オッサンの隠された才能も暖かく迎えられ、人々の心を和ませたことだろうと思うね……。まぁ、そのおかげでいままでは俺がここの室長になったというわけなんだが。絵なら多分、この階の物置きに沢山あるぜ。他にもつまらない風景画なんかがごろごろと」

靖夫にはもう絵そのものには何の興味もなかった。

「何故彼は絵を描くことを止め、自ら死を選んだのだろうか？」

この問いは安田というよりも寧ろ世界に対して向けられていた。靖夫は続けた。

「この世の中は純粋な表現を追求しようという真面目な人間よりも、他人を蹴落としてまで醜く金を得ようとする人間の方が確実に生き易い世界なんだ」

巨悪を告発したような気分を満喫した靖夫だったが、それを遮るように安田が言った。

「いや、そういうわけじゃない。実は村沢さん自身、全然描くことに興味がなかったんだ。寧ろ、絵を描くなんていう行為が、堪らなく不自然で物凄くエゴイスティックなことにさえ感じていたのだと思う。悪いのは周りの連中だ。見よう見まねでなんとなくヒマだから描いてみただけなのに、大したことない他愛ない絵だったのに、無理矢理持ち上げて商売にしろと誰かが吹き込んだんだろう。そこから間違いが起きた。本気でこれが商売になると勘違いしたんだ。可哀想に、それが彼の首を絞める結果となった。本来やるべきだった仕事を失い、生活が出来なくなってしまったんだ……」

靖夫にはもう何も言うべきことが思いつかなかったので、まだテレビであの番組が続いているのか気になってブラウン管を覗いてみた。どうやらもう他の番組に変わっているようで、ラスコーの洞窟の絵がプリントされたTシャツを身に着けていた若い女が登場するやいなや突然脱ぎ始め、あれよあれよという間に裸になり、大きな乳房をゆらゆらとゆすりながら踊り始めていたのである。どんな曲に合わせて踊っているのか、ＴＶのボリュームを上げなければ絶対に判らない。音楽は目に見えないから仕方がない。

文庫版　あとがき

見ず知らずの人々の意識が音声化されて、聞こえてきたら、どんなに愉快なことだろう。

脈絡や整合性を無視し、内面に向け、ひたすら垂れ流される無駄な思考。どんなに賢く振る舞っている人間であろうとも、脳内ではどうでもいい、ろくでもない事柄が意識に上り、それが大事かのように、ああでもないこうでもないなどと取《と》り沙汰《ざた》されているのだろう。

しかし、他人に自分の思考を覗かれるのは、絶対にイヤだ。恥ずかしい。

ならば、いつも何も考えていない人間になりたい。

常に何かを考えなければならない、という義務から解放されたい。どうせ取るに足らないことしか考えていないのだから、他人が見て「こいつの頭は空っぽだ」と思われる人間になりたい。所詮《しょせん》、生《い》ける屍《しかばね》とか、そんな類《たぐ》いと称されてもかまわない。


僕は何も考えない。何も感じない。

夜空の星を見上げ、それが美しいとは思わない。

雲一つない青空を見つめて、その果てしない空虚さに、何の畏《おそ》れも感じない。

公園で遊ぶ子供や子犬などに、「カワイイ!」などと心奪われることもない。

目の前で死ぬ人がいても、死人の過去などに思いを馳《は》せない。勿論《もちろん》、自分の死であっても、誰も関心を持たないように願う。

ただ物体があり、空間があり、光がありもしないものの姿を照らすだけ。


そうとでも思わないと、逆にすべてが本気で悲しくなってくるからだ。あまりにも自分の生きている現実は、残酷で無慈悲で、愛などどこにもなく、救いがないから。

文章を書くというのは、ゴミのような戯言たちを、取って付けたような脈絡と整合性で繫ぎあわせただけの、見窄らしいボロ切れだ。そんなものを、大層な旗のように掲げる連中の気が知れない。

恥ずかしい作品ばかりを集めた本の「あとがき」など、以《もっ》ての外。ここに収録されたものの責任など、いまさら一切取る気はない（といいながら、都合よく著作権だけは主張するが）けれど、こんな無駄な本を買った人には「次は他の作家の本を買ったほうがいい……例えば伊坂幸太郎の本とか」と、アドバイスできる優しさくらいはあってもいいのかもしれない。

二〇一〇年一一月

中原昌也

本書は二〇〇四年七月『待望の短篇集は忘却の彼方に』として
小社より刊行された単行本のタイトルを改題したものです。

待望《たいぼう》の短篇《たんぺん》は忘却《ぼうきゃく》の彼方《かなた》に

二〇一一年 一 月一〇日　初版印刷
二〇一一年 一 月二〇日　初版発行

著　者　中原昌也《なかはらまさや》
発行者　若森繁男
発行所　株式会社河出書房新社
〒一五一-〇〇五一
東京都渋谷区千駄ヶ谷二-三二-二
電話〇三-三四〇四-八六一一（編集）
〇三-三四〇四-一二〇一（営業）
http://www.kawade.co.jp/

ロゴ・表紙デザイン　粟津潔
本文フォーマット　佐々木暁
本文組版　株式会社創都
印刷・製本　中央精版印刷株式会社

Printed in Japan　ISBN978-4-309-41061-6

マリ&フィフィの虐殺ソングブック

中原昌也 40618-3

「これを読んだらもう死んでもいい」（清水アリカ）——刊行後、若い世代の圧倒的支持と旧世代の困惑に、世論を二分した、超前衛—アヴァンギャルド—バッド・ドリーム文学の誕生を告げる、話題の作品集。

子猫が読む乱暴者日記

中原昌也 40783-8

衝撃のデビュー作『マリ＆フィフィの虐殺ソングブック』と三島賞受賞作『あらゆる場所に花束が……』を繋ぐ、作家・中原昌也の本格的誕生と飛躍を記す決定的な作品集。無垢なる絶望が笑いと感動へ誘う！

リレキショ

中村航 40759-3

“姉さん”に拾われて“半沢良”になった僕。ある日届いた一通の招待状をきっかけに、いつもと少しだけ違う世界がひっそりと動き出す。第39回文藝賞受賞作。解説＝GOING UNDER GROUND 河野丈洋

夏休み

中村航 40801-9

吉田くんの家出がきっかけで訪れた二組のカップルの危機。僕らのひと夏の旅が辿り着いた場所は——キュートで爽やか、じんわり心にしみる物語。『100回泣くこと』の著者による超人気作がいよいよ文庫に！

黒冷水

羽田圭介 40765-4

兄の部屋を偏執的にアサる弟と、執拗に監視・報復する兄。出口を失い暴走する憎悪の「黒冷水」。兄弟間の果てしない確執に終わりはあるのか？史上最年少17歳・第40回文藝賞受賞作！　解説＝斎藤美奈子

新・書を捨てよ、町へ出よう

寺山修司 40803-3

書物狂いの青年期に歌人として鮮烈なデビューを飾り、古今東西の書物に精通した著者が言葉と思想の再生のためにあえて時代と自己に向けて放った普遍的なアジテーション。エッセイスト・寺山修司の代表作。